SALAD BOWL OF ECCENTRICS

著＝平坂読

イラスト＝カントク

6

親子旅行
[おやこりょこう]
STUDIO COMET

「どんな大人になるんだろうな、こいつは」

LOVE
EVERY
MOMENT
川遊び IN 岐阜
[かわあそび いん ぎふ]

みことしゃちょーちゃんねる

［みことしゃちょーちゃんねる］

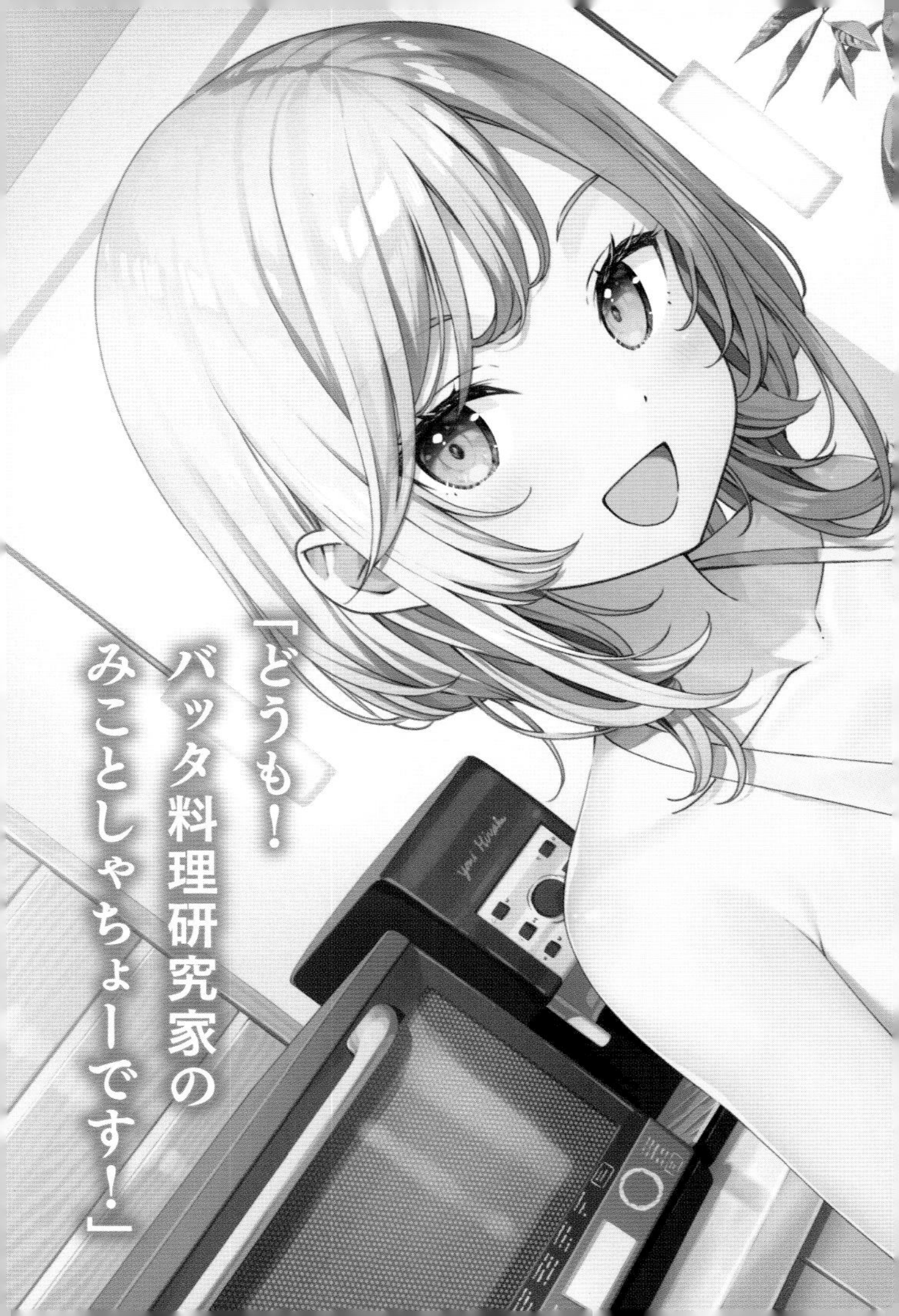
「どうも！
バッタ料理研究家の
みことしゃちょーです！」

CONTENTS

SALAD BOWL OF ECCENTRICS

この作品はフィクションです。

現実の人物、団体、建物、場所、法律、歴史、学校、社会常識、物理現象等とは異なる場合があります。

今回は特に警察。

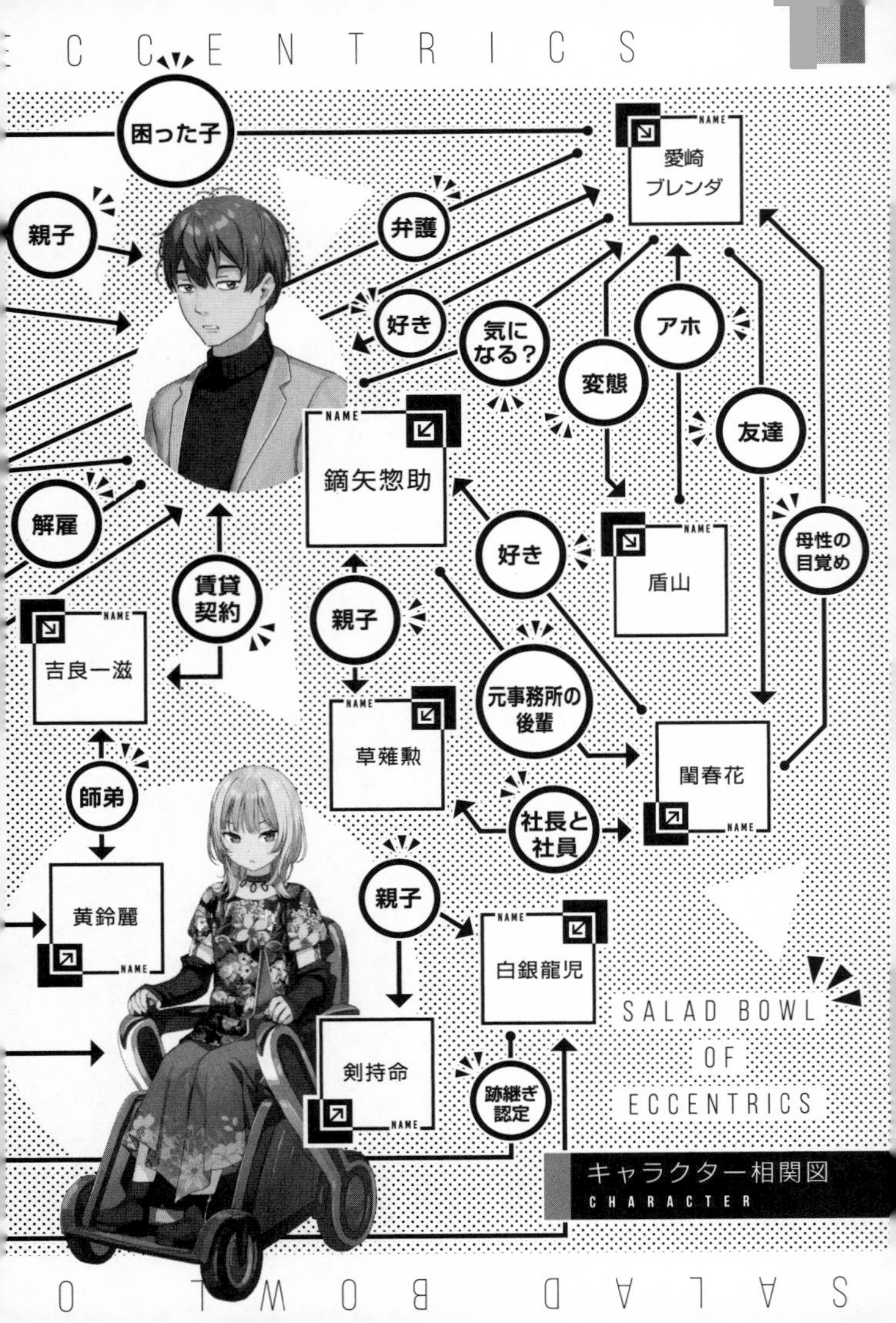
ECCENTRICS
キャラクター相関図
CHARACTER
SALAD BOWL OF ECCENTRICS
愛崎ブレンダ
鏑矢惣助
盾山
吉良一滋
草薙勲
閨春花
黄鈴麗
白銀龍児
剣持命
困った子
親子
弁護
好き
気になる？
アホ
変態
友達
母性の目覚め
解雇
賃貸契約
親子
好き
元事務所の後輩
師弟
社長と社員
親子
跡継ぎ認定
SALAD BOWL O

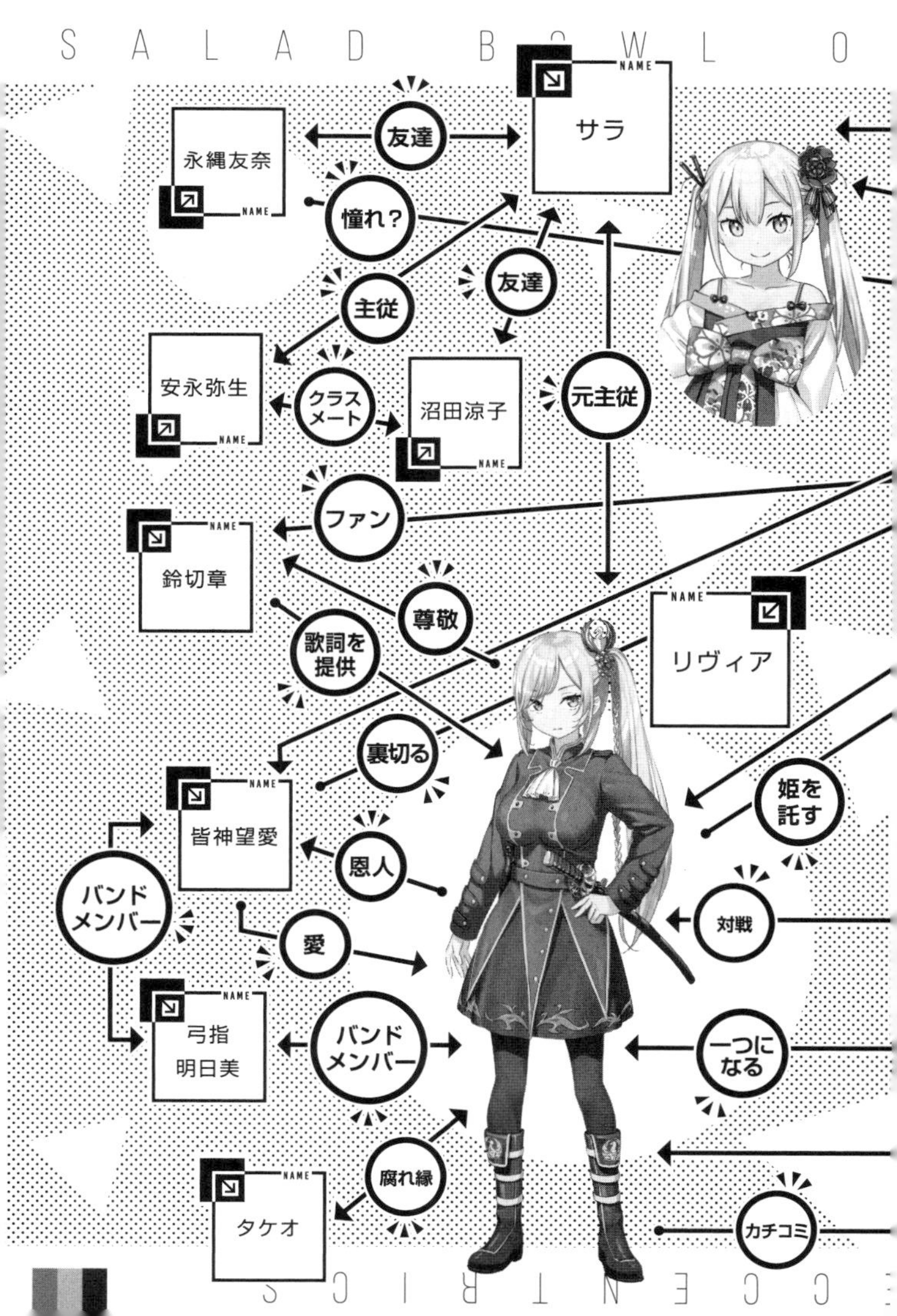
SALAD BOWL O
NAME
サラ
友達
永縄友奈
NAME
憧れ？
主従
友達
元主従
安永弥生
NAME
クラスメート
沼田涼子
NAME
ファン
NAME
鈴切章
尊敬
歌詞を提供
NAME
リヴィア
裏切る
NAME
皆神望愛
姫を託す
恩人
バンドメンバー
愛
対戦
NAME
弓指明日美
バンドメンバー
一つになる
腐れ縁
NAME
タケオ
カチコミ
ECCENTRICS

これまでのお話Ⅴ

一生に一度言ってみたい言葉は「パターン青！　使徒です！」

パターン青ってなんぞ……こんにちは、草薙沙羅《くさなぎさら》です。どこにでもいる異世界から転移してきたカリスマJCです。見た目は子供で頭脳は天才です。名探偵コナンのヒロインズで喩《たと》えるならどう考えても灰原哀《はいばらあい》ポジだと思います。

さて、妾《わらわ》と同じ世界からやってきた女騎士リヴィアは、いろいろあって半グレ組織『エスパーダ』のリーダーである剣持命《けんもちみこと》に気に入られ、護衛としてミコトの家に住むことになった。半グレの運営する地下闘技場で強敵と戦ったことで久々にムラムラしちゃったリヴィアは、ミコトとえっちなことをしちゃうのであった。

ミコトと心身ともに深く繋《つな》がったリヴィアは、死病に蝕《むしば》まれ余命幾ばくもないミコトのために、ミコトの実の父親であるヤクザ『白銀組《しろがねぐみ》』の組長、白銀龍児《りゅうじ》の屋敷にカチコミをかけてミコトと父親を再会させるのじゃった。その数日後ミコトは息を引き取るのじゃが、彼女は自分のすべて——名前、戸籍、財産、家族、組織など、言葉通り剣持命という人間の全部——をリヴィアに遺《のこ》すよう手配しておった。ミコトの想いを受け取り、『剣持命』としてこの世界で生きていくことを決意するリヴィアじゃったが、エスパーダの幹部たちから組織のボスとなるよう頼まれ、白銀龍児からは白銀組を継ぐよう頼まれ、親教団から離脱した皆神望愛《みなかみのあ》からも新興宗教の教祖となるよう頼まれ、さっそくカオスな状況に陥るのであった。あやつ多分もう二度と裏社会から抜け出せないんじゃないかな……。

一方の妾は中学生としてド健全な青春を送り、学校の演劇祭では友達の飛騨《ひだ》ガール、沼田《ぬまた》涼子《りょうこ》ちゃんと舞台『飛騨に不時着』でダブル主演を務め、ネットでそのときの動画を見た芸能事務所の人間からスカウトされるのであった。

あと同じ布団で寝ておった惣助《そうすけ》（蘭《らん》姉ちゃんと灰原なら灰原派）とブレンダ（全裸）はマジでなーんにもなかったのじゃが、数日でブレンダのいろんな一面を見た惣助（蘭姉ちゃんと灰原なら灰原派）はちょっとブレンダのことが気になっておるもよう。惣助（蘭姉ちゃんと灰原なら灰原派）に片想いしつつブレンダ（よく考えるとこやつも見た目は子供で頭脳は大人で裏社会と関わりのある灰原ポジ……）と友情を育《はぐく》んでおる閨春花《ねやはるか》は、誕生日にお高いシャンパンを贈ったりしたものの絶賛空回り中じゃ。

ま、岐阜の街は概《おおむ》ね平常運転ということじゃな！

裏社会の帝王女騎士

6月27日　13時36分

「し、CEO……!?」

岐阜県岐阜市、長良川《ながらがわ》の河川敷。

小説家にしてホームレス、鈴切章《すずきりあきら》は、差し出された名刺をまじまじと見つめた。

株式会社　白銀《しろがね》エスパーダクラン
最高経営責任者　剣持命《けんもちみこと》

高級感ある金属製の名刺を出している相手は、半袖のジャケットにショートパンツ、黒いブーツという「デキる若手女社長」という出で立《いた》ちの、ウルフカットの美女。
名はリヴィア・ド・ウーディス——鈴切がホームレス生活から社会復帰するきっかけを作ってくれた恩人なのだが、彼女の所属するバンドの楽曲に歌詞を提供した結果、バッシングを受けて再びホームレスに逆戻りすることになった原因でもある。

「け、剣持？　しーいーおー？」

「はい」

ますます混乱を深める鈴切に、リヴィアは覇気《はき》のある笑みを返した。

と、そこで、

「姐《あね》さんの恩人をお守りできてよかったです」

野太い声でそう言ったのは、近くに立っていたヤクザ風の中年。その隣には、派手な格好をしたヤカラ風の若者も立っている。

川で釣りをしていたら不良高校生たちに絡《から》まれてしまった鈴切を、助けてくれたのがこの二人であった。

そして彼らは自分たちのことを、『正義の味方』だと名乗った。

どうやらリヴィアの知り合いのようだが、関係性がまるで想像できない。

リヴィア自身の外見も大きく変化し、名前もなぜか日本人風のものを名乗っている。

名刺の肩書きの『最高経営責任者《CEO》』といい、なにがなんだかわけがわからない。

(正直、もう彼女とは関わらないほうがいい気がするんだが……)

本能的にそう思ってしまう鈴切だったが、小説家としての好奇心が「どうしてこうなった!?」と追求するのを止められない。

「あー、リヴィア、できれば詳しい話を聞かせてくれないか？」

躊躇《ためら》いがちにそう言った鈴切《すずきり》に、リヴィアは「もちろんです！」と笑顔で頷《うなず》き、

「立ち話もなんですから、ひとまず場所を変えましょう」

「あ、ああ」

「後藤《ごとう》殿、秋田《あきた》殿、引き続き励んでください」

ヤクザとヤカラに顔を向けてリヴィアが言うと、二人は声を揃《そろ》えて「うっす！」と返事をした。

「……」

歩き出したリヴィアのあとを、鈴切は困惑しながらついていくしかなかった。

堤防の上に止められていた黒塗りの高級車にリヴィアとともに乗り込み、

「ええと、ここから近いのは……L163までお願いします」

リヴィアがスマホを見ながら運転手の男に告げると車が走り出す。

「L163？」

そんな名前の店あっただろうか……と怪訝《けげん》に思う鈴切に、

「エスパーダでは、メンバー以外の者に聞かれてもわからないように、拠点をすべて番号で呼んでいたのです」

「よくわからんが……163箇所以上の拠点を持ってるってことか？」

「まさか。番号は無作為で決めた三桁の数字です。二十四時間ごとに変化するので毎回こうし

て調べないといけないのが面倒ですが」

「……」

会社というよりまるで秘密組織のようだ。

（やっぱり関わるんじゃなかった……）

早くも後悔する鈴切《すずきり》を乗せて、車は走る。

十分ほどで到着したのは、寂れた商店街にあるバーだった。

入り口には『ＣＬＯＳＥＤ』の看板が出ていたが、リヴィアはかまわず扉を開けて中に入っていく。

薄暗い店内。

カウンターの内側にはバーテンダー姿の二十代半ばほどの男が立っている。

「これはミコト様。ようこそおいでくださいました」

リヴィアに気づくと男は顔をほころばせて挨拶《あいさつ》してきた。

黒髪で穏やかな印象の若者だが、リヴィアに向ける親愛の眼差《まなざ》しや声音《こわね》は、先ほどのヤクザやヤカラと同じものであった。

「とりあえずいつものを」

テーブル席に座ると、リヴィアがバーテンダーに告げ、

「鈴木《すずき》殿は何を飲まれますか？」

鈴切はリヴィアの対面に座ると、戸惑いながら「あ、ああ、それじゃあ同じものを」と答える。

ほどなくして運ばれてきたのは、二つのグラスとシャンパンであった。

鈴切は酒にはあまり詳しくないが、かつて自分の小説が大ヒットしたときに、当時の編集長に連れられて行った一流レストランで同じボトルを見た気がする。

「かはーっ！」

グラスに注がれた高級シャンパンを、リヴィアは躊躇《ためら》いなく、まるで水でも飲むかのように飲み干してしまった。

「ささ、鈴木殿もどうぞ」

しかし鈴切はとても気軽に口をつける気にはなれず、

「いや、それより、はやく君になにがあったのか聞かせてくれないか？」

鈴切に言われたリヴィアは、「そうですね……どこから話せばいいのやら……」と考える素振りを見せながら、ゆっくりと語り出した——。

5月27日　19時34分

リヴィアが剣持命《けんもちみこと》から彼女のすべてを受け継いだ夜から一晩明け。

リヴィアは、半グレ集団『エスパーダ』の幹部でありミコトの幼馴染《おさななじ》みでもある三人から『エスパーダ』の新リーダーとなるよう求められ、続いてミコトの父親である『白銀組《しろがねぐみ》』の組長、白銀龍児《りゅうじ》や、先日のカチコミでリヴィアの力に惚《ほ》れ込んだヤクザたちから新たな組長になってほしいと頼まれる。

さらにその翌日、留置所で面会した皆神望愛《みなかみのあ》から『ワールズブランチヒルクラン』改め『新生リヴィア教』の教祖になるよう懇願《こんがん》された。

困り果てたリヴィアは、バンド仲間の弓指明日美《ゆみさしあすみ》に今の自分の状況を相談した。

すると明日美は困惑しながらも、最後には「リヴィアちゃんなら意外と、半グレのボスでもヤクザの組長でも教祖様でもなんでもできちゃう気がするっすよ」と、リヴィアの背中を押すような言葉を放ったのだった。

「え……そ、そうでしょうか……」

「もちろん、救世グラスホッパーのメンバーとしてロックスターになるって目標も忘れちゃダメっすよ！」

戸惑うリヴィアに、明日美が笑顔で言った。

「半グレのボスに、組長に、教祖……そしてロックスター……」

明日美の言葉を反芻《はんすう》するリヴィア。

ロックスターはともかく、他はなりたいと思ったことすら一瞬もない。

しかしそのとき、リヴィアの脳裏にミコトの遺言が浮かんだ。

——ばいばい、リヴィア。せっかく来たんだし、もっともっとこの世界を楽しんでね。


リヴィアはあのとき、ミコトに誓った。

ミコトの生き様に恥じぬよう、この世界を全力で生き抜くと。

剣持命は、世界で一番幸せな人生を送ったと胸を張って言えるように、彼女に代わってこの世界を楽しみ尽くすと。

リヴィアの顔に覇気《はき》が宿る。

緑と青の双眸《そうぼう》が輝く。

その光の輝きは、『愛』『夢』そして『野望』とも呼ばれるものであった。

そして翌日。

リヴィアはさっそく、エスパーダの幹部たち、白銀龍児、皆神望愛に順番に会いに行き、それぞれの求めに応じる旨《むね》を伝えた。

「しかし某《それがし》、実は別の二つの組織からも頂に立つよう頼まれておりまして——」

だから、同時に三つの組織すべての頂点に立つ。

そんなリヴィアの意向を聞いた面々は一様に戸惑いを浮かべたものの、三者とも、リヴィアに組織運営の実務までやらせるつもりはなく、あくまでカリスマとしてトップに立ってほしいと考えていたため、意外にもあっさりリヴィアの願いは受け容《い》れられた。

かくしてリヴィアは、半グレ組織『エスパーダ』、暴力団『白銀組《しろがねぐみ》』、新興宗教団体『新生ブランチヒルクラン（新生リヴィア教という名前だけは頑として拒否し、教祖ではなく新しいクランマスターという立ち位置となった）』という、岐阜市内の三つの反社会的組織を束ねることになったのだった——。

SALAD BOWL OF ECCENTRICS

CHARACTERS

剣持命

ジョブ:反社の王 NEW
アライメント:中立/混沌

体力:	100	敏捷性:	100
筋力:	100	器用さ:	76
知力:	24	魅力:	100
精神力:	82	運:	25
魔力:	19	コミュ力:	41

6月12日　10時17分

岐阜県内最大の反社会的勢力のトップとして、一躍裏社会にその名を轟《とどろ》かせた、リヴィア・ド・ウーディス改め剣持命《けんもちみこと》。

もちろん、それ以外の反社会的な勢力からは全力で警戒され、警察からも最重要警戒対象としてガッツリとマークされることになる。

六月中旬のある日。

一人の警察官が、突如《とつじょ》としてこれまで自分が担当していた任務の中止を告げられた。
尾関正武《おぜきまさたけ》、二十五歳。

表向きは岐阜県警の生活安全部に所属していることになっているが、真の所属は警察庁警備局公安課――すなわち公安警察官である。

一般的な刑事警察が民間人を犯罪から守ることを目的としているのに対し、公安警察は主に国家に対する犯罪――すなわち国家転覆を謀《はか》るテロリストや、他国の諜報工作員《スパイ》、国際的な犯罪組織を取り締まることを目的として組織され、現在では危険思想を持つ政治・宗教団体の調査や監視なども行っている。

戦前の『秘密警察』という物騒な面を今も残しており、その性質上、警察組織の中でも独立勢力のような立ち位置にある。

同じ警察署で働く者でも誰が公安の人間なのか知る者は少なく、他の部署に情報を共有したり協力して捜査に当たることもなく、その任務は県警の署長すら素通りして国家公安委員会から直接下りてくる。

時には一般の刑事には禁止されている捜査も行い、必要であれば身内であるはずの警察内の人間をも調査するため、公安を忌《い》み嫌っている者も多いのだが、尾関は自分の仕事に誇りを持っていた。

公安警察は一般募集を行っておらず、警察内で適性があると見込まれた者に直接声がかかる。単身で危険な任務をこなすための優秀な能力を持つ、一握りの選ばれた警察官――それが公安警察官である。

そんな尾関にとって、いきなりの任務中止命令は寝耳に水の話だった。

尾関がここ一年ほど担当していた任務は、『ホワイトアウト』という岐阜市内で暗躍する外国人犯罪組織の調査であった。

身分を隠し、時には犯罪の片棒すら担《かつ》いで構成員からの信用を得て、ようやく組織の内部に潜り込めそうだった矢先の話である。

「任務中止……!?　いきなりどういうことですか?」

通信相手――尾関に直接指示を伝える連絡係だが、面識はなく顔も名前も不明、声を変えているため性別すら不明――に、詳しい説明を求める尾関《おぜき》。

感情のコントロールは得意なのだが、さすがに動揺を隠しきれなかった。

『どうもこうもない。……昨夜ホワイトアウトが潰《つぶ》れた。よってこれ以上の調査は不要になった』

「……」

あまりにも明快な回答に、尾関は一瞬思考を飛ばしてしまった。

「潰れた、とはどういうことでしょうか？」

『潰れた――正確には一晩にして潰されたのだ』

「抗争ですか？　一体どこの組織が？」

尾関の調査では、ホワイトアウトは裏社会の中で巧妙に立ち回っており、特定の組織と対立などしていなかったはずだ。

『情報が錯綜《さくそう》していて警察でもまだウラは取れていないが、やったのは白銀《しろがね》組とかいうヤクザの人間らしい』

「白銀組……！」

尾関が調査しているのは海外の犯罪組織だが、調査対象の情報を得るため裏社会に幅広い情報網を持っており、白銀組のことも当然知っている。

それどころか、最近の裏社会で一番話題の組織と言ってもいい。

『知っているか？』

「はい。二週間ほど前に組長が代替わりしたのですが、それが先代組長の娘ということでこちらでは大きな話題になっています」

女組長というだけで珍しいのに、それが昔気質《むかしかたぎ》の白銀組というのも意外である。

しかしそれ以上に注目を集めた原因は、なんとその新組長が半グレ組織エスパーダのリーダーと、新興宗教・新生ブランチヒルクランのマスターを兼ねているという事実だ。

エスパーダは今の岐阜で最も勢いがあると言われている半グレ集団。

新生ブランチヒルクランは、金華の枝の下部組織であったワールズブランチヒルクランを前身とする新興宗教で、前身団体では音楽や動画配信など、金華の枝とはまったく違ったカジュアルな方向性で若いメンバーを増やし続けていた。

両組織とも、警察から要注意対象としてマークされている存在。

一方、かつての白銀組は、賭場《とば》やテキ屋など昔ながらの古いシノギにこだわり、組長の白銀龍児《りゅうじ》は七十代の老人で、若頭《ナンバー2幹部》も高齢とあって、「放っておいても時代の流れと共に消えるだろう」と岐阜県警の組対（組織犯罪対策課）にもほぼスルーされてきた。

片田舎の古いヤクザの組長が代替わりしたところで、警察内では世間話程度にしかならなかっただろうが、それが一気に岐阜県内の反社の最大勢力になったとくれば話は別だ。

警察では裏社会以上の大騒ぎとなり、現在警察は、組長にして半グレリーダーにしてクランマスターを全力で調査・警戒している。

市内を巡回する制服警官の数が目に見えて増え、さらに組対と思《おぼ》しきイカツいおじさん（彼らも真っ当な刑事だが、主に暴力団を相手にするためか、やたら強面《こわもて》が多い）の数も増え、警察の人間に正体を隠している尾関《おぜき》としては動きにくくて仕方なかった。

だから早く事態が沈静化してほしいと思っていたのだが……。

「新しい組長の名前はたしか――剣持命《けんもちみこと》、でしたか」

『そうだ。知っているなら話は早い』

連絡係の言葉に、尾関は得心する。

「なるほど……。新しい親分の下で武闘派組織に生まれ変わった白銀組《しろがねぐみ》が、目障《めざわ》りな海外勢力を潰《つぶ》しにかかったというわけですか……」

言いながら、尾関が内心で嘆息すると、

『声が少し沈んでいるようだな。もしや君は、ホワイトアウトが潰されたことを残念に思っているのか？』

その指摘に尾関は微苦笑を浮かべる。

「まさか。外患の芽が一つ摘《つ》まれたのは、我が国にとって素直に喜ばしいことです。とはいえ、新たにそれ以上の脅威が生まれたのでは元も子もないと思いまして」

これは紛れもなく尾関の本音だった。

「……裏社会の最大勢力が武闘派となると、近い将来、岐阜に血の雨が降りそうですね」

常に冷徹に任務を遂行《すいこう》する公安の人間とて、住み慣れたこの街を愛する気持ちはある。岐阜の未来を憂う尾関に、

『……いや、そういうわけでもない』

「え？」

戸惑う尾関に、連絡係もまた、どこか困惑したような口ぶりで、

『……ホワイトアウトが潰れたのは組織同士の抗争の結果ではなく、その……剣持命が一人でやったこと……らしい』

「はあ？」

ぽかんとする尾関に連絡係は淡々と、

『剣持命はホワイトアウトの根城に武器も持たず単独で乗り込み、その場にいた幹部連中を含む構成員およそ百人を短時間で制圧。岐阜にはとんでもない化け物がいると恐れをなしたホワイトアウトは、昨夜のうちに本国へ撤退――』

「いやいや待った待った！　あんた何の話をしてるんだ!?　ヤクザ映画かそれとも中学生が書いたネット小説か！」

荒唐《こうとう》無稽《むけい》な話に、思わずタメ口でツッコんでしまう尾関。

『……現実の話、らしい、よ？』

連絡係は自分でも半信半疑といった口ぶりで答えた。

「……正気ですか？」

本気で相手の頭を心配してしまう尾関《おぜき》に、連絡係は必死で平静を取り繕っているのがバレバレな声音《こわね》で答える。

『残念ながら正気だ。裏社会では早くも剣持命《けんもちみこと》に《白銀《しろがね》の鬼》などという二つ名が付けられ、カリスマ扱いされているらしい』

「……は、はあ。かっこいいお名前、ですね……？」

リアクションに困っている尾関に、

『君の新たな任務は、その剣持命の調査だ。もちろん一般の刑事も動いているので慎重に事に当たれ。すぐに組対から入手した対象の写真を送る。以上だ』

早口で一方的に告げられ、そのまま通信は途絶えた。

「え!?　ちょっと！　おい！　…………ええ？」

なにからなにまで現実味のない話に、さすがのエリート警察官の尾関も呆然《ぼうぜん》と立ち尽くしていると、ほどなく携帯端末に画像が送られてきた。

「…………」

白銀の鬼。

裏社会の人間たちを魅了する悪のカリスマ。

一体どんなバケモノ女が写っているのやらと、恐る恐るその画像を確認する尾関。

かなり遠くから隠し撮りしたのであろう、少しピンボケした写真。

「……！」

その写真を見た瞬間、尾関は目を見開いて絶句する。

場所は笠松《かさまつ》競馬場の客席で、レースの最中に撮られたものらしく、背景には走っている馬の姿やレースに熱中する観客の姿が写っていた。

周囲の誰もがレースの行方を見守っているなか、対象の人物だけは視線をカメラのほうに向け少し鬱陶《うっとう》しそうに顔をしかめており、明らかに盗撮に気づいていた。

しかしおかげで顔がはっきりわかる。

銀髪で青と緑の瞳の、二十歳くらいの絶世の美女。

服装はジャージだが、その上からでもわかるスタイルの良さ、乳の大きさ。

だが尾関が言葉を失ったのは、調査対象の想定外に美しい容姿に対してではなかった。

（……マジで？）

尾関はこの人物に見覚えがあった。

というか、ガッツリ知り合いだった。

なんなら一緒にこの笠松競馬場で競馬に興じたこともあるし、競輪にパチンコ、そして白銀組が仕切る賭場《とば》にも行った。

ホワイトアウトの構成員に近づくために、組織が経営する違法風俗店に彼女を紹介したり、組織のシノギの一つである集団転売行為の手伝いをさせたこともある。
そういうことに一般人《カタギ》の女の子を利用するのは良心が咎《とが》める——必要とあれば民間人だろうと使うが——ので、ホームレスの外国人、もしくはギャンブル中毒のクズ女は、尾関《おぜき》にとって都合がよかったのだ。

「……これ、リヴィアちゃんだよなあ……」

写真をまじまじと確認しながら、険しい顔で呟《つぶや》く尾関。
尾関正武《まさたけ》、二十五歳。
格好はオールバックの金髪に派手なアロハシャツ、腕には金色の腕時計。
岐阜の裏社会でちょっと顔が広いだけのチンピラ……を装っている公安警察官《スーパーエリート》。
彼がホワイトアウトの調査任務中に使っていた偽名は、タケオといった。

SALAD BOWL OF ECCENTRICS

CHARACTERS

尾関正武

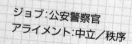

ジョブ:公安警察官
アライメント:中立/秩序

体力:	87	敏捷性:	86
筋力:	90	器用さ:	89
知力:	88	魅力:	7
精神力:	91	運:	42
魔力:	0	コミュ力:	85

6月13日　12時8分

公安警察官になって以来——いや、警察に入って以来、最も気の進まない任務だったが、これも国家のためである。

タケオこと尾関正武《おぜきまさたけ》はそう割り切って、とりあえずリヴィアに接触することにした。

プライベートで深く交流する相手を作らないようにしているため、（表向きは）もはや友人と言えるような関係にもかかわらず、リヴィアとは連絡先を交換していない。

ホームレス時代は炊き出しの公園に行けばすぐに会えたし、それ以降も調査で市内を歩いているとよく遭遇したのだが、今や彼女は反社会的勢力の帝王である。そう簡単に人前に姿を現さないだろう。

そう考えながら尾関がダメ元でリヴィアがよく来るラーメン屋に入ると、

（……いるし）

普通に天ぷら中華の大盛りをドカ食いしていた。

市内では大勢の警官がピリピリしながらうろついており、ただのチンピラ風の尾関にさえすぐに職質してくる。

率いている勢力が大きいぶん、彼女を敵視する裏社会の人間も多いだろう。

　彼女には警戒心がないのだろうか。

（底抜けの馬鹿なのか、あるいは、誰かに襲われたとしても切り抜けられるという絶対の自信があるのか……）

　尾関《おぜき》は未《いま》だに疑っているが、もしもホワイトアウトを一人で壊滅させたというのが事実なら、後者のような気がする。

　ともあれ、

「よう！　リヴィアちゃん！」

　尾関はいつもの軽薄な調子でリヴィアに声をかけ、彼女の隣の席に座った。

「チャーシュー麺大盛りでオネシャース！」

　話をする前にまずは注文。

　ラーメンなど健康を害するだけの食べ物だと思っているが、チンピラになりきるためには仕方ない。

　それに毎日トレーニングを欠かしたことがないので、ある程度不摂生な食事で身体《からだ》を緩めないと、鍛えられた肉体からタダ者でないとバレてしまう。

（だから別にチャーシュー麺が好物というわけじゃない……いや本当に）

　内心で言い訳をする尾関に、

「おお、タケオ殿！　しばらくぶりですね」

口の中にあったラーメンを飲み込み、リヴィアが無警戒な笑みを向けてきた。

……本当に彼女が、件《くだん》の剣持命《けんもちみこと》なのだろうか。

これまで上から提供された情報が間違っていたことは一度もないが、リヴィアとは何度も会っているからこそ信じがたい。

「ハハ、最近ちょっと忙しくしててさ。リヴィアちゃんは相変わらず元気そうだねー」

軽薄な調子で尾関が言うと、リヴィアは微苦笑を浮かべて、

「いえ、某《それがし》もいろいろありましたよ」

「へー、どんなどんな？」

「某、ついにこの国の戸籍を手に入れたのです」

誇らしげに、しかしどこか寂しげにリヴィアは言った。

その微妙な気色に気づかないフリをして、尾関は軽薄に笑い、

「えっ、マジで？　よかったじゃん！」

「はい。今の某は、リヴィアではなく日本人の剣持命です」

「へ、へー」

あっさり自分が剣持命だと宣言したリヴィアに、思わず狼狽《うろた》えてしまう尾関。

「でも戸籍ゲットってすごいね！　どうやったの？」

「大切な友……いえ、最愛の主《あるじ》から譲《ゆず》り受けました」

海外のスパイや不法入国した外国人が、戸籍を買い取り日本人になりすますというケースは存在するが、どうもリヴィアの場合はそれとは違う気がした。

(……譲《ゆず》り受けた、ね)

「んじゃーこれからはミコトちゃんって呼ぶべき?」

尾関《おぜき》が確認するとリヴィアは笑って、

「これまでどおりリヴィアで構いません。親に付けてもらった名前にも、思い入れはありますから」

「オッケー。そういやリヴィアちゃん。最近なんか街ん中が変な感じじゃね?」

尾関は軽い調子で馬鹿っぽく、さりげなく話を深めていく。

「というと?」

「なんかピリピリしてるっつーかさあ。なんかケーサツも増えた気がするし」

するとリヴィアは少し声のトーンを落とし、

「ほう、タケオ殿も気づかれましたか」

「リヴィアちゃんもやっぱそう思う?」

「はい。それに某《それがし》、最近いつも誰かに見られているような気がするのです」

(見られてんだよ!)

ツッコみたいのをこらえる尾関。

自分が裏社会の有名人で警察のマーク対象だという自覚がないのだろうか。

リヴィアはズルズルと麺を勢いよくすすったあと、小さく嘆息し、

「ふぅ……。そのせいで某、落ち着いて食事もできません」

そう言いながらラーメンのスープを全部飲み干して、

「ぷはーっ！」

幸せそうな息を吐くリヴィア。

（めちゃくちゃ余裕そうじゃねーか）

釈然としない気持ちになりながら、運ばれてきた自分のラーメンをすする尾関。

「店主殿、某にもチャーシュー麺を大盛りでお願いします！」

なんとまだ食べるらしい。

「相変わらずいい食いっぷりだねー」

などと言いながらさりげなく尾関が店内に視線を巡らせると、テーブル席に、一般人にはまずわからないほど自然にこちらを見ている客が一人いた。

おそらくは刑事だろう。

リヴィアと親しい人間だと思われて自分のことを探られたくはないが、前々から「ただのチンピラのタケオ」としてリヴィアと交流する姿は多くの人に見られてきたので、公安の人間だということまで突き止められる可能性は低い。

よって今は、調査対象から直接情報収集するのを最優先とする。

「ほんとに誰かに見られてるとして、なんか困ってることとかあんの？」

尾関《おぜき》が訊《たず》ねると、リヴィアは神妙な顔で頷《うなず》き、

「はい……競馬やパチンコをやっていても、視線を感じて集中できず負け続きなのです」

（ギャンブル弱いのはいつものことだろ！）

そう言いたいのをこらえ、軽薄に笑う尾関。

「ははっ、戸籍ゲットして名前が変わっても相変わらず勝負師なんだね」

「そうですね。生活が大きく変わるかと思っていたのですが、仕事はすべて他の人がやってくれてお金も勝手に入ってきますし、暇を持て余しているのです」

「いいご身分だねー。うらやましー」

（本当にいいご身分だな！）

ヘラヘラ笑いながら脳内で頬をひくつかせる尾関。

するとリヴィアは苦笑を浮かべ、

「いいえ、人の仕事をただ見ているだけというのもそれはそれで退屈なものです。かといって某《それがし》には彼らがなにをやっているのかもサッパリですし」

「はは、そんなに暇なら普通にバイトでもしてみれば？」

ポロッと投げやりな感じでそう提案してみると、リヴィアはなぜか嬉《うれ》しそうに、

「はい、実は某もそう考えまして！　フードデリバリーサービスの配達員に登録してみたのです！」

「フ、フードデリバリー？　なぜに？」

本当にどうしてそうなったか意味がわからず、素で聞き返す尾関。

「かつて某がホームレス生活で地道にアルミ缶集めをしていたとき、鈴木《すずき》殿に教えていただいたのです」

（鈴木？　ああ、彼女と一緒にいたホームレスか）

知的な顔立ちの、どこか世捨て人のような雰囲気の男だったと記憶している。

「スマホと銀行口座があれば配達サービスに登録することができて、アルミ缶集めよりも稼ぐことができると！」

「そりゃまあそうだね」

逆にアルミ缶集めより稼げない仕事を知りたい。

「フードデリバリーには日頃からお世話になっていますし、戸籍と決まった住所と銀行口座を手に入れることができた今、かつて憧れたフードデリバリーの配達員をやってみようかと思いまして」

（配達員に憧れる反社のボスなんて聞いたことねえよ……！）

「へ、へえー。たまには真面目にコツコツやるのもいいよね。そんで、配達員やってみてどうだった？」

戸惑いながら訊《たず》ねる尾関《おぜき》にリヴィアは微笑《ほほえ》み、

「なかなか楽しいものですね。市内の道は大体把握してますし、ロードバイクでいかに注文を早くお届けできるか挑戦するのはゲームのタイムアタックのようで燃えます。初日からそこそこ稼ぐことができましたよ。もっとも、皆が稼いでくれるお布施《ふせ》や上納金と比べれば微々たる金額ですが」

彼女の屈託ない様子は、尾関の知る、競馬やパチンコを無邪気に楽しんでいるときの彼女となんら変わるものではなかったが、

（普通に上納金とか言っちゃってるよ……）

頭が痛くなりそうだ。

この女、ナチュラルに反社に染まってやがる。

「それに配達員にはチップというシステムがあって、お客様がくれたチップは天引きされることなくすべて某《それがし》の口座に振り込まれるのです！」

「うんまあチップってそういうシステムだからね」

「予定時間よりも早く届けることができたためか、お客様から何度もチップをいただいてしまいました」

デリバリーを頼んでこんな若い銀髪美女がやってきたら、思わずチップを弾んでしまう人は

多そうではあった。

「次の日はさらに効率よく注文を取って回ることができました。一歩一歩着実に上達していくあの感じは、ホームレス時代を思い出しますね」

生き生きと語るリヴィアに尾関は苦笑を浮かべ、

「へー、じゃあ向いてたんだね、配達員の仕事」

するとリヴィアはそこで小さく首を振り、

「いえ、それが。昨日お客様とトラブルを起こしてしまいまして」

「トラブル？」

「はい」

リヴィアは少し気落ちした表情で、

「昨日、大量のお酒を配達に向かったのですが、配達先で受け取りに出てきた者が提示してきた身分証が、明らかに注文者とは別人のものだったのです。お酒を配達するときは注文した本人に受け取ってもらう規則があり、別人の身分証を使うなど許されません」

生真面目な口ぶりで言うリヴィアだったが、身分証どころかありとあらゆるプロフィールを偽《いつわ》っている奴が言っても説得力がなさすぎる。

「へー、それでどうしたの？」

「規則だと説明してもわかってもらえず、強引に荷物を奪われそうになったので、やむを得ず力ずくで黙っていただきました」

「へ、へぇー……やむをえず……」

まさかと思い尾関《おぜき》の顔が自然と引きつる。

「すると建物の中から別の男たちが次から次へと集まってきまして。どうやら中で宴会を開いていたらしく、皆殺気立って襲ってきたのでやむなく武力制圧しました。アプリで酒を注文する際には、酔っていないかどうかという確認項目もあるのですが……酔っ払いには困ったものです……」

やれやれと嘆息するリヴィア。

「ち、ちなみにそれって昨日のいつごろの話かな?」

ほぼ確信を抱《いだ》きつつ訊《たず》ねた尾関に、

「夜の十時ごろでしょうか」

「場所はもしかして……白沼《しろぬま》ビルだったり?」

ホワイトアウトが本拠地にしていた雑居ビルの名前である。

「おお、よくわかりましたね」

感心した顔で肯定するリヴィア。

「ま、まあ、昨日の夜あのへんで騒ぎがあったって噂《うわさ》になってたからね」

「そうだったのですか」

「男の人数はどのくらいいたの？」

「さあ……十人から先は数えておりませんでした」

リヴィアがきょとんと小首を傾《かし》げる。

「あ、あはは……」

乾いた笑いがこみ上げてくる。

「どうかされましたか？　タケオ殿」

「いやあ……なんでもないよ」

自分が一年以上にわたって調査してきた外国人犯罪組織ホワイトアウト、ウー◯ーイー◯の配達トラブルのせいで潰《つぶ》されていた──。

公安の任務に不測の事態は付き物だが、さすがに自分のこれまでの苦労はなんだったのかとショックが大きい。

真相が明らかになった以上、上に報告すべきなのだろうが、

（……報告できるかこんなもん！　俺の頭がおかしくなったと思われるわ）

警察に入って初めて、尾関は調査結果を誤魔化《ごまか》すことにした。

「うん、チャーシュー麺も美味《おい》しいですね！」

追加で運ばれてきたチャーシュー麺を勢いよくすすり、満足げな顔をするリヴィア。

昨日犯罪組織を一つ潰したことなど気にも留めていないようだ。

尾関《おぜき》は仕事柄、これまでいろんな人間を見てきたが、リヴィアほど規格外な人間は初めてだった。

「でしょ。やっぱラーメンといえばチャーシューだよ」

いつしか尾関の顔には、ヘラヘラした作り笑顔ではなく久しぶりに本心からの笑みが浮かんでいた。

６月１３日　１２時３７分

心ゆくまでラーメンを食べたあと、リヴィアはタケオと揃《そろ》って店を出た。

店の駐輪場に止めてあったロードバイクにまたがり、

「では某《それがし》は再び配達員の仕事に戻ります」

「あ、うん。頑張ってー」

タケオはリヴィアに軽い調子で手を振ると、

「あー、リヴィアちゃん」

「なんでしょう?」

タケオが彼にしては珍しく、少し真面目な表情を浮かべる。

「あんまり目立たないように気をつけたほうがいいと思うよ。今リヴィアちゃん、岐阜の裏社会で一番注目されてる人だから」

「そうなのですか⁉」

素で驚くリヴィアにタケオは苦笑を浮かべ、

「はは、自覚なかったんだ。ヤクザの組長で半グレのボスで新興宗教のリーダーでしょ？　岐阜の反社会勢力の帝王として、他のヤクザとか半グレグループとか警察にめちゃくちゃ睨《にら》まれてると思う」

「は、反社会勢力の帝王⁉」

心外すぎる肩書きに目を丸くするリヴィア。

「しかし某は、警察に捕まるようなことは何もしておりません……多分」

少なくともリヴィア自身にその自覚はなかった。

「海外マフィア潰《つぶ》しといてよくもまあ……」

「タケオ殿？」

なにやらぼそりと呟《つぶや》いたタケオにリヴィアが小首を傾《かし》げると、

「や、なんでもないよ。とにかく気をつけてね。リヴィアちゃんが逮捕されるのはオレもイヤだからさ」

冗談めかした口ぶりでそう言うと、タケオは軽く手を振ってリヴィアから離れていった。

その後ろ姿を見送りながら、リヴィアは愕然《がくぜん》と呟《つぶや》く。

「某《それがし》が……反社の帝王……」

かつては帝国貴族として犯罪者を捕らえたこともある自分が、いつの間にやら犯罪者サイドに。

ミコトの遺言通りこの世界で自由に楽しく生きたいし、彼女の父親である白銀《しろがね》龍児《りゅうじ》に孝行したい気持ちもある。

エスパーダやブランチヒルクランの面々にも世話になっている。

とはいえ、堂々と太陽の下を歩けないような生き方はしたくない。

（とりあえず父上に相談してみますか……）

6月13日　13時25分

そんなわけでリヴィアはさっそく、市の外れにある和風の広い屋敷——白銀組の事務所を訪れた。

「お疲れ様です姐《あね》さん！」「お帰りなさいやせ！」

入り口の門をくぐったリヴィアに、白銀組のヤクザたちが口々に挨拶《あいさつ》してくる。新たな組長として、リヴィアは早くも彼らに受け容《い》れられていた。

「お疲れ様です皆さん」

住居は今もミコトのマンションをそのまま使い続けているのだが、一応組長なので定期的にここにも顔を出すようにしており、すっかり実家のような感覚である。

皆神望愛《みなかみのあ》の契約している高級マンションにもたまに掃除のために帰っており、リヴィアは岐阜市内で三つの豪邸を気軽に行き来していた。

「父上はおられますか？」

「部屋にいらっしゃると思いやす！」

リヴィアの問いにヤクザの一人が答えた。

屋敷の奥――先代組長で自分の戸籍上の実父となっている、白銀龍児の部屋へと向かうリヴィア。

「父上、失礼します」

「ああ。入れ」

部屋の中では眼光の鋭い老人が日本刀の手入れをしていた。

部屋に入り、龍児の前で正座するリヴィア。

「実は父上に相談したいことがあるのです」

「なんだ、改まって」

龍児《りゅうじ》が刀を床に置いて訊《たず》ねてくる。

「某《それがし》、やはりヤクザを辞めたいのですが」

「なに？」

単刀直入に言ったリヴィアに、龍児が鋭い目をさらに細める。

「一度は組長を引き受けておきながら無責任な話だというのは百も承知です。しかし某は、胸を張って太陽の下を歩いていきたいのです」

「……それは組を解散するってことか？」

重々しい声で訊ねてくる龍児。

「今のところ辞めるのは某だけと考えておりますが……」

恐る恐る言ったリヴィアに龍児は、

「好きにしろ」

「え？」

こうもあっさり許されるとは思っておらず、意表を突かれるリヴィア。

「組長はお前さんだ。誰にも止める権利はねえ。それに……命《みこと》から、お前さんが儂《わし》の戸籍上の実子になったとしても、お前さんの意思を可能な限り尊重してほしいと言い遺《のこ》されてるからな……。娘の遺言とあっちゃ、聞かないわけにはいかん」

「ミコト殿……」

残り少ない命を振り絞って、リヴィアのために色んなものを遺してくれたミコトに、改めて目頭が熱くなる。

そんなミコトや、ミコトの唯一の肉親に、少しでも報いたいと思う。

リヴィアは少し考え、

「某としては、組長が勝手に去るというのはやはり無責任が過ぎると思いますし、可能であれば、他の組員たちにも真っ当な生き方をしてほしいと思っています」

すると龍児は口の端を少し吊《つ》り上げ、

「真っ当な生き方、か……。たしかに、どう取り繕ったところで俺たちは所詮《しょせん》日陰者だ。日の当たる場所を堂々と歩けるようになるなら、それに越したことはねえよ」

「おお、父上も賛同してくださるのですか？」

「そりゃあそうだ。今の時代、悪くて賢い連中はみんな半グレになる。ヤクザなんぞになる連中は、全員もれなく阿呆《あほう》だ」

そう言いながらも、龍児の言葉の中にはどこか優しいものがあった。

「ええと……某もその阿呆の一人でしょうか？」

「そうだな」

龍児はあっさり肯定し、

「そんな阿呆どもを率いられるのは、並外れたド阿呆しかいねえ。惚《ほ》れた女のためにヤクザの事務所に一人で乗り込んで来るような、とびきりのな。だから儂《わし》はお前さんに組を任せたいと思ったんだ」

「な、なるほど。ともあれ、父上も組員たちを真っ当な道に戻すことに協力していただけるのですね？」

「できるだけのことはやってやる」

「ありがとうございます！」

喜色を浮かべるリヴィアだったが、龍児《りゅうじ》は続けて、

「だが、そりゃあ難しいだろうな」

「？」

「ヤクザの世界ってのは、辞めますっつってそう簡単に抜け出せるモンじゃねえんだ」

リヴィアは小首を傾《かし》げ、

「組の掟《おきて》、というものですか？　たしかにヤクザの世界では、組を辞めるとき小指を切り落とす習慣があると聞きますが……。うーん……小指の一本くらいなくなっても……」

本気で指詰めを検討するリヴィアに、龍児は苦笑を浮かべる。

「阿呆《あほう》。組長が指詰めるなんて聞いたこともねえよ。つうか、今どき指詰めなんてやらせるところなんてほとんどねえ」

「そうなのですか？」

「ああ。それにウチはもともと、去りたい奴は引き留めない主義だしな。……簡単に抜け出せないってのは、そういう意味じゃねえ」

「ではどういうことでしょう？」

訊《たず》ねるリヴィアに龍児は淡々と、

「二十年ほど前から、『暴力団排除条例』っつう、カタギの人間がヤクザと関わるのを規制するための条例が全国で施行されるようになってな。おかげでヤクザは銀行口座も作れず賃貸契約もできねえようになった。最近ではさらに締め付けが厳しくなって、スマホの新規契約もできねえ上に、ＬＩＮＥやら一部のスマホアプリまで禁止されるようになった」

「なんと。それはなかなか厳しいですね。……とはいえ、ヤクザものから一般市民を守るためにはやむを得ない政策のようにも思えます」

リヴィアの言葉に龍児は苦笑を漏《も》らす。

「まあ否定はしねえよ。厄介《やっかい》なのは、この条例はヤクザから足を洗った人間にまで適用されちまうってことだ」

「どういうことですか？」

首を傾げるリヴィアに龍児は重々しい声で、

「元暴５年条項……通称五年ルールっつってな。ヤクザが組を抜けたあとも、五年間はその人間はヤクザ同様だと見なされるんだ。引き続き口座開設も賃貸契約もできねえし、元ヤクザってことが発覚したら企業はそれを理由に解雇したり取引を打ち切ることができる」

「五年間もですか……!?」

「ああ」

驚愕《きょうがく》するリヴィア。

「で、ではヤクザを辞めても、五年間は真っ当な仕事をすることはできないということですか?」

「まあ、行政の支援や知り合いの伝手《つて》やらで運良くカタギの仕事に就けることもあるが、ほとんどの場合は難しいだろうな」

「ではその間、どうやって生活していけばいいのですか? 某《それがし》はこの国に来てまだ日が浅いですが、それでも今やスマホなしの生活など考えられないのですが……」

シンプルな疑問に龍児《りゅうじ》は嘆息し、

「どうにもならねえよ。チェックの緩い日雇いのバイトでもしてどうにか食いつなぐか、食い詰めた挙げ句、真っ当な道に戻ることを諦《あきら》めて、他の組に入り直したり、最近だと半グレになる奴も多い。あっちは暴対法の適用外だから、ヤクザよりは自由にやれるしな」

「な、なるほど……。ヤクザものが日の当たる人生に戻るというのは、想像していたよりも厳しい道なのですね。いっそみんなでホームレスになるというのも手では」

「ハハ、それも悪くないかもしれねえな」

「……」

割と本気の提案だったのだが、龍児には冗談だと思われたらしい。

まああたしかに、幸か不幸かリヴィアにはホームレスの適性があったが、組員全員でホームレスになるというのは現実的ではないだろう。街で手に入る空き缶やボランティアが用意してくれる炊き出しの量にも限りがあるし。

龍児は少し自嘲《じちょう》気味な声音《こわね》で、

「……ま、そもそもヤクザなんかになるのが悪いと言われると、ぐうの音も出ねえよ。世間様の大半がそういう感覚だからか、ヤクザが更生したくても更生できねえような仕組みが改善される様子もねえ。……自分から堕《お》ちたわけじゃなく、気づいたら道を踏み外しちまってた阿呆《あほう》も多いんだがな」

「うっ、某もその一人かもしれません……」

龍児の言葉はリヴィアの胸に刺さった。

異世界から転移してホームレスとなり、主君のサラと再会を果たしたものの鏑矢《かぶらや》探偵事務所を自ら飛び出し、カルト宗教団体で救世主扱いされ、宗教家のヒモとなってギャンブル三昧《ざんまい》の日々を送り、バンドを組んでメジャーデビュー寸前まで行ったもののメンバー逮捕により立ち消えとなり、半グレのボスにボディーガードとして雇われ彼女と衆道《しゅどう》関係となり、現在はキング・オブ・反社である。

（……あれ、たしかに否応《いやおう》なく流されている面もありますが、割と自分自身で選択してきた結果のような気も？）

この世界にやってきてからの自分の人生を振り返り、冷や汗を浮かべるリヴィアだった。

6月13日　16時21分

どうにかヤクザの組長を辞めつつ、自分だけでなく他の組員たちも日の当たる人生を歩める方法はないものかと考えながら、リヴィアは白銀《しろがね》組事務所をあとにした。

ヤクザから足を洗って真っ当に生きようにも、社会システムがそれを阻んでいるとなると、なにか対策が必要だが、リヴィアには見当もつかない。

（誰かこういうことに詳しくて、良い知恵を授けてくれる人はいないでしょうか……）

そこでふと、一人の人物に思い至る。

検察に起訴された皆神望愛《みなかみのあ》の弁護を担当し、驚くべき戦術で無罪を勝ち取る寸前まで行った優秀な弁護士。

リヴィアが直接彼女と会ったのは、望愛が逮捕された当日の一度だけだが、望愛が裁判で有利になるようあれこれ指示を受け、裁判の傍聴に行った弓指明日美《ゆみさしあすみ》は、後日「裁判マジですごかったっす！」と興奮した様子で話していた。

（名前はたしか、愛崎《あいさき》ブレンダ殿でしたね）

法律の専門家である彼女なら、なにか良い考えを思いつくかもしれない。

スマホで場所を調べ、さっそくリヴィアは愛崎弁護士事務所へとやってきた。

「こちらです」

事務員の女性に案内され、奥の部屋へと通されるリヴィア。

リヴィアの姿を見て、部屋の中にいた白いドレス姿の小柄な女性――弁護士の愛崎ブレンダは露骨《ろこつ》に嫌そうな顔をした。

「ハァ……。アナタですか」

「お久しぶりです、先生。……どうかされましたか？」

彼女の様子を不思議に思って訊《たず》ねると、ブレンダはぷるぷると頬を引きつらせ、

「ど、どうかされましたか、ですって？　あのキ○ガイ宗教女がワタシに何をしたのか、まさか知らないわけではないでしょう!?」

「キ、キチ○イ宗教女……」

裁判で望愛の無罪を勝ち取る寸前まで行ったブレンダだったが、当の望愛本人が急に警察に余罪を自白したためすべてが水の泡となった。

ちなみに望愛が無罪判決を望まなくなったのは、リヴィアから素直に罪を償《つぐな》うことを勧めら

れたからでもある。

リヴィアは目を泳がせつつ、

「ま、まあそれはもう過ぎたことではありませんか。それよりも、新たに先生にご相談したいことがあるのです」

「お断りよ」

椅子を回転させ、リヴィアに背を向けるブレンダ。

そんな彼女にリヴィアは、

「お願いします先生。お金ならいくらでもお支払いしますので！」

するとブレンダは、即座に椅子を再び百八十度回転させ、

「お話をうかがいましょうか。盾山《たてやま》、お客様にお茶をお出しして」

「お嬢様……」

事務員の女性にジト目を向けられ、ブレンダは彼女から目を逸《そ》らしつつ、

「だってワタシの人生で一度は言われたい台詞《せりふ》ナンバーワンだったんだもの……！」

「結婚してくれ、とかではないのですね」

「その台詞を言ってほしい相手は世界で一人だけだもの。他の人に言われてもまったく嬉《うれ》しくないわ」

自分で言って恥ずかしくなったらしくブレンダは赤面し、

「そ、それでリヴィアさん、相談というのは何かしら？」

早口で訊《たず》ねてきたブレンダに、リヴィアは事情を説明する。

「……というわけなのです」

「ヤ、ヤクザと半グレと新興宗教のトップ……？　アナタどうしたらそんな状況になるのよ」

リヴィアの話を聞き、ブレンダは戦慄《せんりつ》の表情を浮かべた。

それから深々と嘆息し、

「正直、反社の人間なんかと関わりたくないのだけれど……」

「まあそうおっしゃらずに」

リヴィアが言うとブレンダは渋々といった様子で、

「たしかに先代の組長さんが言う通り、今の日本では一度でも反社会的勢力に入ってしまった人が社会復帰することはなかなか難しいわ。でもアナタが束ねている三つの組織のうち、反社会的勢力として法律で明確に活動を制限されているのは暴力団白銀《しろがね》組だけ。だったら白銀組を解散したあとで、元組員たちを他の組織で雇い直せばいいんじゃないかしら。話を聞く限り、資金は潤沢にあるのでしょう？　あとは五年間真っ当な業務を行って、コツコツ地道に社会的信用を得ていくことね」

「おお……そんな鮮やかな手口が！」

つらつらと解決策を提示してみせたブレンダに、目を丸くして感激するリヴィア。

ブレンダはどこか得意げに微笑《ほほえ》み、

「すべては十分な資金力があってこそ可能になることですけどね。逆に言えば、世の中お金さえあれば大抵の無理は通せるのよ」

「さすがです愛崎《あいさき》先生！　ぜひこれからも某《それがし》に力をお貸しください！」

「くふふ……それは報酬《ほうしゅう》次第といったところかしら」

邪悪な笑みを浮かべるブレンダ。

「もちろん、お金はいくらでもお支払いします！」

「きゅんっ！」

即答したリヴィアに、ブレンダが胸を押さえてうずくまる。そんなブレンダを盾山《たてやま》が心底呆《あき》れた目で見つめる。

「ではさっそくですが先生、もう一つご相談が……」

「くふふ、なにかしら」

上機嫌で邪悪な笑みを浮かべるブレンダにリヴィアは、

「捕らえられている望愛《のあ》殿を、どうにか自由にしてさしあげられないでしょうか」

インサイダー取引の容疑で起訴された望愛の裁判は今も続いており、最終的な判決が下るまであと半年はかかる見込みだという。

するとブレンダは皮肉っぽく、

「くふふ、あの電波宗教女も長期間の留置所生活で参っているということかしら。ワタシを裏切ったことを後悔――」

「いえ、望愛殿は全然お元気そうでした」

「……だったら裁判が終わるまで留置所にいればいいじゃないの」

仏頂面《ぶっちょうづら》になるブレンダにリヴィアは、

「いえ、望愛殿には一刻も早くバンドに復帰していただきたく」

「……そういえばアナタたち、バンドを組んでいたのだったわね」

「はい」

ヤクザと半グレと新興宗教のボスに加え、リヴィアにはガールズロックバンド『救世グラスホッパー』のギタリストというもう一つの顔がある。そしてバンドで作曲を担当していたのが望愛だ。

パソコンも作曲機材も何もない留置所では曲が作れない。

弓指明日美《ゆみさしあすみ》のためにも、望愛には早くシャバに出てきてもらう必要があった。

「……いかがでしょう、先生?」

リヴィアが期待の眼差《まなざ》しでブレンダを見つめると、彼女は気乗りしなさそうに嘆息し、

「……保釈申請が通れば、裁判が終わらなくても身柄が解放されるわ」

「おお！」

「通れば、の話だけれどね。主な条件は身元引受人がいること、住所があること、逃亡のおそれがないこと、十分な保釈金を用意すること、かしら」

それを聞いたリヴィアは喜色を浮かべ、

「身元は某《それがし》、剣持命《けんもちみこと》が引き受けますし、住所もありますし望愛《のあ》殿に逃亡の意思などありませんし、ほしゃくきん？　とやらもお支払いできます！　すぐに申請を！」

興奮するリヴィアにブレンダは淡々と、

「待ちなさい。身元引受人になるには、被告人をしっかり監督できる人物だという信用が必要なの。今のアナタはれっきとした反社の一員よ。身元引受人に相応《ふさわ》しいと見做《みな》される可能性はゼロに近いわ」

「な、なんと……！　では他の誰か……明日美《あすみ》殿では！」

「明日美……アナタのバンドのもう一人のメンバーね。どういう人なの？」

「プロのミュージシャンを目指して実家を飛び出し日々バイトに励んでおられる、とても立派な方です！」

「なるほど、家出中のフリーター。無理ね」

「なんと!?」

バッサリ言い放ったブレンダに愕然《がくぜん》とするリヴィア。

「で、では他にアテとなると……」

考えてみるも、望愛にリヴィアと明日美以外の交友関係はない。

望愛に心酔しているブランチヒルクランのメンバーでは考えるまでもなく無理だろうし、彼女の家族は絶対に駄目——そもそも望愛が自ら罪を受け容《い》れたのは、親きょうだいとの縁を断つためなのだ。

「クッ……」

呻《うめ》くリヴィアに、ブレンダは淡々と、

「……どうやらあのキチg——木下《きのした》さんを保釈するには、アナタ自身が社会的信用を勝ち取るしかなさそうね」

「そのようですね……」

リヴィアの目に決意が宿る。

「それでは望愛殿のためにも、明日美殿のためにも、ロックスターになるためにも、全力で正しい道を進まなくては！」

「……頑張るのは勝手だけれど、ワタシへの報酬《ほうしゅう》は忘れないでね」

こうして、もともと遵法《じゅんぽう》意識の低い悪徳弁護士であったブレンダは、裏社会側の人間とガッツリ関わりを持つことになったのだった。

6月27日　14時42分

「……というわけでさっそく白銀《しろがね》組を解散し、ついでにエスパーダと新生ブランチヒルクランも合併して新たに設立したのが、我らが株式会社『白銀エスパーダクラン』、略してSECなのです」

かつては半グレ組織エスパーダが拠点にしていた店の一つで、現在は健全な経営を行っているという隠れ家的なバーにて。

リヴィアと再会した鈴切章《すずきりあきら》は、彼女からいかにして自分が会社の最高経営責任者となったかを話して聞かされた。

鈴切は指でこめかみを押さえながら、

「ああ……なんというか、その……。壮絶すぎて話が上手《うま》く頭に入ってこないんだが、まあとにかく、リヴィアが相変わらずぶっ飛んだ人生を送ってるのはわかった」

「ご安心ください鈴木《すずき》殿！　某《それがし》も正直、自分の人生がどうしてこんなことになっているのかよくわかっておりませんので！」

「だったらなんでそんな自信満々なんだ……」

鈴切は苦笑し、

「ところで、その白銀エスパーダクランって会社は具体的にどんなビジネスをしてるんだ？」

「基本的にはエスパーダやブランチヒルクランの業務内容をそのまま受け継ぎ、バーやカフェを運営したり、スケベな人形を販売したりしています。それから炊き出しとか、街の見回りなどを行って、市民の皆さんから愛される企業を目指しております」

つらつらと答えるリヴィア。

（たしかに『正義の味方』とか名乗っていたが……）

スケベな人形というのも気になったがアダルトグッズか何かだろうと思ってスルーしつつ、

「その、大丈夫なのか？　元はヤクザや半グレなんだろう？」

疑問を投げかける鈴切に、

「白銀組でも以前から炊き出しや見回りは行っていたそうですし、エスパーダではミコト殿の方針で特殊詐欺《さぎ》グループと戦ったりしていたようなので、血の気の多い者たちも意外とすぐに今の仕事に馴染《なじ》んでくれました。近いうちに警備員やボディーガードの業務なども開始する予定です」

「……意外とちゃんとしてるんだな」

「もちろんです！　……とはいえ、やはり市民の皆さんからは警戒されているようで、一朝一夕に信頼を勝ち取るというわけにはいかないようです」

「まあ、そういうものだろうな……」

苦笑を浮かべるリヴィアに、鈴切は相づちを打つ。

「あっ、そうだ鈴木《すずき》殿！」

急に声を弾ませたリヴィアに、嫌な予感を覚える鈴切《すずきり》。

「な、なんだ？」

「今度、会社の活動をアピールするための広報誌を発行する予定なのです。ぜひ鈴木殿にも執筆していただけませんか？」

「いや、悪いが俺はもうあんたとは関わ――」

即答で断ろうとした鈴切だったが、鈴切を見るリヴィアの視線には、全幅の信頼が込められていた。

ホームレス生活中にたまたま知り合って以来の奇縁だが、彼女にとって自分は今でも頼れる先生なのかもしれない。

鈴切は深々とため息をつき、

「ハァ……わかったよ。だからそんなキラキラした目で俺を見るんじゃない」

「ありがとうございます鈴木殿！　小説家の鈴木殿が協力していただけるなら百人力です！」

満面の笑みを浮かべ、テーブル上に置かれていた高級シャンパンを鈴切のグラスへと注ぐリヴィア。

「ささ、どうぞ一献！」

「あ、ああ」

リヴィアのグラスと自分のグラスを軽くぶつけて乾杯し、飲む。

美味《うま》いとは思うが、高い酒を飲み慣れていないので、安物のスパークリングとの違いがわからない。

「ははっ、これで鈴木殿も我が社の仲間ですね！　これからも救世グラスホッパーと白銀《しろがね》エスパーダクランのためにお力をお貸しください！」

自分のグラスの酒を飲み干し、上機嫌で笑うリヴィア。

鈴切のほうはというと、

（……なんかこれ、ヤクザの盃《さかずき》を交わす儀式みたいだな……一度関わったら二度と抜け出せない的な……）

どうやら彼女と自分の縁は、今後も切れそうにないようだった。

6月15日　17時24分

公安警察官の尾関正武《おぜきまさたけ》――またの姿をチンピラのタケオがリヴィアに会って情報を聞き出してから、わずか二日後の夕方のこと。
剣持命《けんもちみこと》と白銀龍児《りゅうじ》親子によって、岐阜県警に白銀組の解散届けが提出された。

解散届けとは文字通り、暴力団が組織を解散して今後非合法な活動を行わないことを誓約し、警察からのマークを外してもらうものである。

受理されても即座に信用されるというわけではないが、警察だけでなく一般市民や裏社会の他の組織にもヤクザ稼業の終焉《しゅうえん》を周知させる意味を持つ、一度提出したら決してなかったことにはできない極めて重大な手続きである。

「……白銀《しろがね》組が解散したということは、剣持命《けんもちみこと》の調査任務も終了ということでしょうか？」

上からの指示を伝えてきた連絡係に、一応確認してみる尾関《おぜき》。

『そんなわけがないだろう』

まあ、予想通りの答えではあったが、

「なぜですか？」

一応確認する尾関に、連絡係はどこか疲れたような声音《こわね》で、

『裏社会最大勢力のボスになったと思ったら、今度はすぐに組織を解散する……もしかして警察や他の反社組織をおちょくっているのかと、上も非常に混乱している。こんな何を考えているのかわからん人物を、放置できるわけがないだろう』

多分なにも考えてないだけだと思いますよ、という言葉を呑み込む尾関。

『公安は剣持命を、これまで以上に警戒が必要な危険人間として認識した。君には引き続き、彼女の調査を続行してもらう』

「……了解しました」

通話が切れる。

と同時に、尾関の口元から思わず笑みが漏《も》れた。

自分とリヴィアとの腐れ縁は、これからも続く。

（そして俺は、そのことを愉快に感じているらしい……）

SALAD BOWL OF ECCENTRICS

CHARACTERS

剣持命

ジョブ:CEO NEW
アライメント:中立/混沌

体力:100	敏捷性:100
筋力:100	器用さ:76
知力:22 NEW	魅力:100
精神力:82	運:63 NEW
魔力:25 NEW	コミュ力:55 NEW

スカウト

7月5日　16時23分

「ただいマンチェスター！」

夕方。

鏑矢《かぶらや》探偵事務所に、サラが中学校から帰ってきた。

「おう。お帰——」

いつものように出迎えた惣助《そうすけ》は、サラの後ろにいた人物に怪訝《けげん》な視線を向ける。

二十代後半くらいの、パリッとしたスーツ姿の女性だ。

「草薙沙羅《くさなぎさら》さんのお父様ですか？」

「え？　ああ、はい」

頷《うなず》く惣助に、彼女は名刺を差し出すと、

「はじめまして。私、羽瀬川《はせがわ》プロダクションの登川《のぼりかわ》と申します」

「……プロダクション？」

惣助の日常の中ではあまり使用されない単語に眉をひそめつつ、「とりあえずお掛けください」と勧める。

サラが連れてきた女性の名前は登川千鶴《のぼりかわちづる》。

羽瀬川《はせがわ》プロダクションという芸能事務所の社員で、なんでも沢良《さわら》中学校のホームページにアップされた先日の演劇祭の動画を見て、サラをスカウトしに来たという。

先月末の演劇祭で上演された『飛騨《ひだ》に不時着（主演・草薙沙羅《くさなぎさら》）』のダイジェスト動画がSNSでプチバズりしたのは惣助《そうすけ》も知っていたのだが、わざわざ東京の芸能事務所がやってくるとは思わなかった。

探偵の観察眼で登川を見る限り、詐欺《さぎ》などではなく恐らく本物のスカウトだろう。

（魔術使いまくって派手にやってたもんなあ……）

ネットの拡散力を、少々甘く見ていたかもしれない。

「うーんと、羽瀬川プロダクションさん、と……」

ノートパソコンで会社のホームページを確認する惣助に、登川はつらつらと説明する。

「弊社は創業七十年の老舗《しにせ》プロダクションで、多くの俳優や歌手が所属しており、近年は若手タレントの育成や発掘にも力を入れております」

「……ふむ……へー……高島雄介《たかしまゆうすけ》、さんも所属してるんですね。あ、この人もたしか昔紅白出てた気が」

「世間一般の知名度ですと……俳優の高島雄介、歌手の浪川健三郎《なみかわけんざぶろう》、玉山《たまやま》いすず、あたりが弊社の看板と言えるでしょうか」

　たしかに彼女の言うとおり、ホームページにある所属タレントの一覧には、惣助が子供のころからテレビでよく見かける大御所俳優や、紅白歌合戦に出場した演歌歌手など、けっこうな大物の顔もちらほらあった。

「だけど若手は……うーん……すいません、全然わからないですね……」

　しかしそんな有名どころのタレントは皆、若くとも五十代というベテランばかりで、二十代から四十代のタレントで惣助が知っている人は一人もいない。

「お父様の仰《おつしや》るとおり、弊社は若手の層が厚くありません。この先も弊社が業界で生き残っていくためには、若きスターが必要なのです」

「で、その候補がうちのサラだと？」

「はい」

　確認する惣助に、登川は真剣な顔で頷《うなず》き、

「演劇祭の動画を拝見したときから感じておりましたが、実際こうして沙羅さんに直接お会いして確信しました。沙羅さんには、凡百《ぼんぴやく》のタレントなど足下にも及ばないほどの圧倒的な華が、カリスマが、オーラがあります！　誰もが目を奪われる一番星の生まれ変わり！　金輪際《こんりんざい》現れない天下人の生まれ変わり！」

「まあ、たしかにそれはそうですが」

「え？　あ、え、はい……」

素で肯定した惣助《そうすけ》に、登川《のぼりかわ》は少し鼻白んだ様子を見せ、惣助の隣に座るサラは「ふひひ」と少し照れたようにはにかんだ。

「具体的に、サラに何をやらせるつもりなんですか？」

「弊社の柱は俳優部門ですので、役者としてドラマや映画や舞台に出演していただくつもりですが、歌手活動も視野に入れております。音楽部門にはアイドル科もありますので、他のタレントとグループを組んでいただくということも考えられます」

「ほう、アイドル！　完璧で究極のゲッターになるのも悪くないのう！」

「ゲッターになってどうする」

声を弾ませるサラにツッコむ惣助。

「あとは一応、お笑い芸人のマネジメントもやっておりますが――」

「お笑い芸人!?　めっちゃ興味深いぞよ！」

「そ、そうなのですか？」

一番の食いつきを見せたサラに、登川が戸惑いの色を浮かべる。

「コメディこそ妾《わらわ》の真骨頂じゃからな！　笑いを取るためならば妾はキャメラの前で鼻をほじることすら厭《いと》わぬ！」

「銀魂《ぎんたま》の橋本環奈《はしもとかんな》か」

謎のやる気をアピールするサラにツッコみつつ、

（俳優でも歌手でもアイドルでもお笑い芸人でも、ぶっちゃけコイツならなんでも成功しそうな気はするんだよなあ……）

親の贔屓目《ひいきめ》を差し引いても惣助はそう思う。

しかし、

「……サラ、そもそもお前、芸能人になりたいのか？」

根本的な問いにサラは少し考え、

「それなりに興味はある、くらいの感覚じゃな。有名人になれば面倒ごとも多そうじゃし、なにより妾は今の生活をとても気に入っておるゆえ」

「なるほど……」

神妙な顔を浮かべる惣助。

「正直、お前が本気で俳優とかアイドルになりたいって言うなら、俺は反対するつもりはない。でも、ちょっと興味がある程度の気構えなら応援はできないな。お前が言うとおり面倒ごとも多いだろうし、本気で目指してる人たちにも失礼だ」

「かかっ、真面目じゃのう惣助は」

どこか嬉《うれ》しそうにサラは笑い、

「というわけで、せっかくじゃがスカウトの件はお断りさせていただくのじゃ。そもそも妾、将来は探偵になる予定じゃし」

サラが登川《のぼりかわ》に向けてそう言うと、彼女は慌てた様子で、

「ちょ、ちょっと待ってください。弊社はなにも、今すぐに沙羅《さら》さんをデビューさせようというわけではありません」

「ほむ?」

「沙羅さんはまだ中学生ですから、義務教育期間が終わるまでは親御さんのもとで学業を優先していただき、休日のみ東京にある弊社のスタジオでレッスンを受けていただく形を考えております。もちろん休日もご家庭の都合を優先していただいて構いませんし、東京への交通費などはすべて弊社で負担させていただきます」

「ほう、至れり尽くせりじゃな」

「ああ……」

目を細めたサラの言葉に惣助《そうすけ》も頷《うなず》き、

「あの、登川さん。正直なところ、そこまでしてもらえるとなると逆に胡散臭《うさんくさ》く思えてきたんですが?」

はっきりと疑いを口にした惣助の目を、登川は正面から見つめ返し、

「弊社は沙羅さんを一時的に話題になるだけの……言葉は悪いですがいわば使い捨ての消耗品にするのではなく、十年二十年三十年と業界の最前線で活躍できる真のスターになるよう、

長期的な視点で育成していきたいと考えております。それが将来的には弊社のため、ひいては日本の芸能界全体のためにもなると確信しています」

登川の声に込められた情熱に、嘘は感じられなかった。

ネットでバズった人間にとりあえずコナかけておこう、といういい加減なものではなく、意外なほどしっかりした理念を持った事務所のようだ。

「惣助よ。この話を受けるか受けぬかはさておき、妾《わらわ》は一度この事務所を見てみたいと思うのじゃが」

サラの言葉に惣助も同意し、

「そうだな……。とりあえず一度、会社を見学させていただくことは可能ですか？　保護者として私も付き添わせていただきますが」

「もちろんです。ぜひともご都合のつくときにいらしてください！」

登川が即答したので、惣助は「それでは……」と手帳で予定を確認し、

「ええと、そうですね……幸い、今月の休日ならいつでも大丈夫そうです」

今月でも来月でも、なんなら平日でもスケジュールは空いていたのだが、ちょっと見栄を張ってしまう惣助だった。

そんな惣助にサラは含み笑いを浮かべたあと、

「今週末は二日連続で妾の誕生パーティー、夏休みの予定も八月までほぼ埋まっておるゆえ、

行けそうなのは来週の土日じゃな」

惣助《そうすけ》とサラの言葉を受け、登川《のぼりかわ》がスケジュール帳を確認する。

「……わかりました、それでは来週の土曜日に弊社にお越しください。具体的な時間はのちほど調整させていただきます」

「了解です」「うむ！」

こうして。

サラが異世界から転移してきてから初めてとなる、岐阜県を離れての親子旅行が決定したのだった。

草薙沙羅様聖誕祭

7月6日　17時48分

七月六日は西暦におけるサラの誕生日である。

サラの通っている沢良《さわら》中学一年三組では、午後の授業を潰《つぶ》して草薙沙羅《くさなぎさら》様お誕生日パーティーが盛大に開かれ、ケーキやお菓子、給食とはべつに用意されたご馳走《ちそう》を食べ、クラスメートたちから大量のプレゼントが贈られた。

「うひぃ～……ただいマッスル～……」

夕方、サラはサンタクロースを思わせるような大きな袋一杯のプレゼントを背負って、ヘトヘトになりながら事務所に帰ってきた。

「またずいぶん貰《もら》ったなあ……」

苦笑を浮かべる惣助に、サラは頷《うなず》き、

「うむ……プレゼントの大きさが必ずしも忠誠心の証《あかし》ではないというに……。特に弥生《やよい》のハツシモ5キロと涼子《りょうこ》ちゃんの飛騨《ひだ》コシヒカリ5キロが重い……二人とも米の重さを愛の重さじゃと勘違いしておらんか……」

「年貢か！」

思わずツッコむ惣助《そうすけ》にサラは弱々しく微笑《ほほえ》み、

「うっかり『プレゼントはその者らしさが出ておるものが良い』と言ってしまった妾《わらわ》にも責任はあるのじゃが、おかげでネタ色の強いプレゼントばっか集まってしもうた……」

「にしても誕生日プレゼントに米って。まあウチとしちゃ助かるけどな」

「うむ。どちらも特Aランクの評価を受けておるゆえ味は保証するぞよ」

それから部屋に学校の荷物を置いたのち、下のカラオケ喫茶『らいてう』で、惣助や祖父の勲《いさお》、友人の永縄友奈《ながなわゆな》や常連客たちと、マスターが特別に作った料理を食べるサラ。

「はい沙羅《さら》ちゃん、お祖父《じい》ちゃんから誕生日プレゼントだよ～」

そう言って勲が贈ったのは、お洒落《しゃれ》なポーチであった。

「おお！　さすがお祖父ちゃんじゃ！　センス良いのう！」とサラが喜ぶ。

中学生にも人気があるブランドのもので、たしかに五十代のおっさんが選んだにしてはかなりセンスが良い。

「……若い女の子にプレゼント贈り慣れてるだけのことはあるな」

「ガハハ！　さすがの俺も中学生女子の喜ぶものはわからん！　子供のいる社員にリサーチした結果だ」

惣助の皮肉を、勲は豪快に笑い飛ばした。

「サラ、アタシからも一応プレゼント」

そう言って友奈が、リボンで飾られた紙袋をサラに差し出す。

「おお！　開けてもよいかや!?」

「……いいけど、そんな大したものじゃないわよ」

サラがいそいそと袋の中身を取り出すと、

「……うちわ？」

惣助が首を傾《かし》げる。

入っていたのは、鳥の羽で作られた、大きなうちわのようなものだった。

「おお、羽扇《うせん》ではないか！」

歓喜の声を上げるサラ。

「三国志オタクの友奈らしいチョイスじゃな！」

友奈は少し頬を赤らめて早口で、

「オ、オタクじゃないし！　……アンタ孔明《こうめい》好きだし、普通のアクセサリーとか小物だと他の子と被《かぶ》っちゃいそうだったから」

「あー、そういやゲームとかで孔明がそういうの持ってたな」と惣助。

「最近暑くなってきたし、ありがたく使わせてもらうぞよ」

サラは上機嫌にそう言って、ぱたぱたと羽扇で扇《あお》ぎはじめた。

7月6日　20時13分

「ふひー……」

『らいてう』でのパーティーがお開きとなり、事務所に戻ってきたサラは、倒れ込むようにソファで仰向《あおむ》けになった。

そのお腹は傍目《はため》からわかるくらいにパンパンに膨れている。

そんなサラに惣助《そうすけ》は呆《あき》れ顔を浮かべ、

「調子に乗って食いすぎるからだ」

「ういー……せっかく皆が妾《わらわ》のために豪勢な食事を用意してくれたというのに、応えぬわけにはいくまい」

「クリスマスのときもそうだったが、人気者は大変だな」

しかもサラの誕生日会は今日だけでなく、今週末の土曜日に中学の友達の家でも開催され、日曜日には地域の子供会でサラを祝うという。

(どこのお姫様の誕生日だよ……って、本当にお姫様か)

苦笑する惣助にサラは、

「うむ……。それに妾、皆に誕生日を祝ってもらったのは初めてだったのじゃ」

「そうなのか？」

サラは苦しげに小さく頷《うなず》き、

「あっちでは新年を迎えるたびに皆一斉に年齢が増えるシステムじゃから、個別に誕生日を祝うという習慣がなかったのじゃ」

「あー、そういや数え年だったっけ」

習慣自体がなかったのなら仕方ないが、日本人の惣助の感覚的には、誕生日を祝われたことがないというのは寂しい感じがする。

そんなことを思いつつ、

「あー、ところでサラ」

「ほむ……？」

惣助は机の引き出しを開け、ラッピングされた小さな箱を取り出した。

「ほらよ、俺からの誕生日プレゼントだ」

少し素っ気ない調子でサラに箱を差し出す。

「にゃんと!?」

サラが目を見開き、むくりと身体《からだ》を起こした。

惣助から手渡されたプレゼントを受け取り、丁寧に開封するサラ。

中に入っていたのは、一本のスマートウォッチだった。

金色をベースにしつつも派手すぎず地味すぎず、丸みのあるカジュアルなデザインで、なるべくサラに似合いそうなものを選んだつもりだ。

「親父があげたみたいなポーチとか鞄《かばん》も考えたんだが、お前ならハイテク系のほうが喜ぶと思ってな。最新型ってわけじゃないけど結構いろいろできるらしいぞ」

「麻酔針を発射することもできるかや？」

「できるか！」

コナンネタでボケてきたサラにツッコみ、

「運動時間や消費カロリーも測れるから、ジョギングでもして体力付けるといいんじゃないか？」

「それは遠慮したいのう」

惣助《そうすけ》の提案を拒否しつつ、サラは嬉《うれ》しそうにスマートウォッチをいじりはじめる。

「にひひ……さっそく妾《わらわ》のスマホと連携させてみるのじゃ！」

「気に入ってくれたか？」

「うむ！」

サラが満面の笑みで頷《うなず》く。

「ならよかった。……改めて、十三歳おめでとう、サラ」

「……うん」

少し照れながら言った惣助に、サラもまた、少し恥ずかしそうにはにかむのだった。

異世界の姫、名古屋デビューする

7月16日　8時23分

サラがスカウトを受けた翌週の土曜日。

サラと惣助《そうすけ》は、羽瀬川《はせがわ》プロダクションの見学に行くため家を出た。

アポイントの時間は今日の午後二時で、見学後は東京のホテルで一泊し、日曜日に少し東京観光してから岐阜に帰る予定だ。

まずはJR岐阜駅から在来線で名古屋へと向かう二人。

岐阜駅から名古屋駅まではおよそ二十分。

そのまま改札を出ずに東京行きの新幹線に乗り継ぐこともできるのだが、サラにとっては初めての岐阜県外への旅である。せっかくなので名古屋にも少しだけ寄ることにした。

在来線の改札を出て間もなく、金時計がある中央コンコースに辿《たど》り着く。名古屋駅の待ち合わせスポットとしては一番有名な場所なのだが、常に大勢の人でごった返しているため、意外と待ち合わせには使いにくかったりする。

「ふぉぉぉ！　なんという人の数じゃ！　岐阜城が陥落したときに城を取り囲んでおった反乱

軍の数より多い！」

岐阜ではまず見られないような人混みに、サラが目を丸くする。

「相変わらず賑《にぎ》わってんなー」と惣助。

調査対象の勤務先が名古屋だったりとかで、昔からこの場所にはそれなりに来る機会があるのだが、この人混みには一向に慣れない。

人混みに紛れられるので尾行には気づかれにくいが、逆にこちらが相手を見失うリスクも増えるし。

「なるほど……ここが岐阜の宗主国・名古屋かや……。噂《うわさ》に違《たが》わぬ繁栄ぶりのようじゃな」

そう言ってサラがごくりと唾《つば》を呑む。

「宗主国てお前」

岐阜には名古屋およびその近辺の会社に勤めている人が非常に多く、休日に遊びや買い物に行くのは地元ではなく名古屋という人も多いため、岐阜の民はよく冗談半分で「岐阜は名古屋の植民地ですよ」などと言ったりする。

ただし、あくまで当人が言うから許されるのであって、他県の人が植民地呼ばわりすると普通に怒る可能性があるので注意が必要です。

なんなら「植民地でーす」とヘラヘラしながらも、心の内では「名古屋も結局はトヨタ帝国の属領やろが」と舌を出しているまである。

そんな岐阜と名古屋の確執はさておき。

「美味《おい》しい喫茶店さがして！」

サラが腕に着けたスマートウォッチに向けて声をかけ、このあたりで評判のいい喫茶店を検索する。

惣助《そうすけ》からの誕生日プレゼントをすっかり気に入ったらしく、風呂に入っているときと充電しているとき以外はずっと腕に着けており、今のようにスマホで直接検索したほうが楽なときにまで使っていた。

検索結果をざっくり見て評判が良さそうだった駅近くの喫茶店に入店し、惣助はコーヒー、サラはフルーツジュースを注文した。

今朝は朝食を食べていないが、注文は飲み物のみである。

岐阜市同様、名古屋にもモーニングの文化（発祥の地は愛知県一宮《いちのみや》市）が根付いており、基本的にどこの喫茶店でもドリンクを頼むと軽食が付いてくる。

注文を待ちながら、サラが笑みを浮かべる。

「さて、名古屋のモーニングの実力とやらを味わわせてもらおうかや。一世帯あたりの喫茶店への年間支出額が全国一位……の我が岐阜市の、次か次くらいという栄誉ある順位にランクインしておる名古屋市の実力をのう！」

「何に対抗心を燃やしてんだお前は……」

サラにツッコミを入れつつ、

「モーニングなら多分『らいてう』より上はそうそうないと思うぞ」

マスターがほぼ採算を度外視しているため、『らいてう』のモーニングは惣助が知る喫茶店の中でも質・量ともにトップクラスである。もっと市街地からのアクセスが良くて店が広ければ、間違いなく超人気店になっていただろう。

とはいえ、同じ喫茶店のモーニングでも地域が変われば特色も変わってくる。

「お待たせしました。コーヒーとフルーツジュースです」

店員が注文したドリンクと、サービスの軽食をテーブルに運んでくる。あまりに当然のように付いてきて、モーニングのサービスですとさえ言われない。

この店のモーニングはゆで卵、サラダ、ウインナー、そして小倉《おぐら》トースト。

「うおうっ、なんじゃこりゃ⁉」

小倉トーストを見て、サラが戸惑い交じりの歓声を上げる。

ホカホカに焼き上げられた分厚いトーストの断面を、埋め尽くすように塗られた小倉餡《あん》。さらにその上には大きなバターの塊が載っかっている。

「なんという偏差値の低そうなメニューじゃ……！」

目を輝かせながら言うサラに、惣助が説明する。

「名古屋名物の小倉トーストだ。バタージャなくて生クリームを乗せるところもあるし、客が自由に餡子《あんこ》を乗せられるようにパンと別々に出すところもあるみたいだな。あんバターサンドっていう似たようなメニューも人気がある」

ちなみに岐阜でも提供している喫茶店は多いのだが、マスターのこだわりに反するらしく、『らいてう』のモーニングで出てきたことは一度もない。

「こ、こんなものを朝食に食べてしまって本当に良いのかや？」

そういえば、一応健康のことを考えて惣助《そうすけ》の家では菓子パンをほとんど食べない。

「まあたまにはいいんじゃないか？」

惣助が苦笑しつつ答えると、サラは「ではさっそく」と小倉《おぐら》トーストを手に取り、大胆にかぶりついた。

「うむむ……っ、まさに見た目どおりの味じゃな！　朝食に合うよう意外とさっぱり食べられる味付けになっておるとかそんなことは一切なく、見た目どおりの甘～い餡子にこってりしたバター！　美味《おい》しいものに美味しいものと美味しいものを足したら三倍美味しくなるというアホの理論！　ただただ甘い物と油で腹を満たしたいという純粋な欲望だけがひしひしと伝わってくるぞよ！　この料理を考えた者、さては足し算しか知らんたわけじゃな？」

クワッと目を見開きながらつらつらと評価を述べるサラ。

内容はほぼディスり気味だったのだが、

「じゃが妾《わらわ》、そういうたわけ者が嫌いではない。時代を変えてきたのは、いつもそういうたわ

けゆえ……」

サラは最後に満足げな表情で付け加えた。

「お前はどこから目線で人類の歴史を語ってるんだよ」

一応ツッコみつつ、惣助《そうすけ》もサラの評価に概《おおむ》ね同意であった。

家庭用のアレンジレシピならともかく、予備知識なしで喫茶店の正規メニューとしてコレが出てきたら戸惑うだろう。

（でも実際、美味《うま》いっちゃ美味いんだよなぁ……）

普段あまり甘い物を食べない惣助だが、たまに無性に食べたくなる妙な中毒性がある。それが小倉《おぐら》トースト。

名古屋駅の売店や土産物屋には小倉トーストの名を冠したお菓子が何種類も売られており、名古屋人やべえなと正直思う惣助だった。

異世界の姫、新幹線デビューする

7月16日　9時55分

喫茶店のモーニングで腹を満たし、名古屋の街を少しうろついたあと、惣助とサラは再び名古屋駅へ戻った。

小倉トーストがかなりボリューミーだったので、新幹線の中で食べるおやつなどは特に買わず、そのまま新幹線のホームへと向かう。

惣助たちが乗る新幹線の時間まではまだ三十分ほどあったが、

「ウェーイ！　惣助よ、はやくこっちに来るのじゃ！」

初めての新幹線に興奮するサラと、ホームの端から端へ移動しながら写真を撮ったりしているうちに、あっという間に過ぎていった。

（朝からなんとなく思ってたけど……今日のサラ、普段よりはしゃいでるな）

もともと明るい性格ではあったが、普段のサラにはどこか、あえて『周囲に笑いを振りまく、明るく賢く面白いお姫様』というキャラクターを自覚的に演じている部分があった。

だが今日のサラは、芸人のように意図的に笑いを取りに行くのではなく、素でテンションが上がっている年相応の子供のようだ。

もしかするとこれは、ずっと一緒にいる惣助《そうすけ》にしか感じ取れないほど小さな違いなのかもしれないが、友奈《ゆな》や勲《いさお》といった共通の知り合いを誰も連れていない親子二人だけの旅行なので確認のしようがなかった。

羽瀬川《はせがわ》プロダクションが手配してくれた指定席――最初はグリーン車のチケットを用意するつもりだったらしいが、それは遠慮した――に座り、いよいよ新幹線が出発する。

二人の席は二列席。

名古屋から東京への進行方向だと窓から富士山が見える側の席で、サラが窓側、惣助が通路側だ。

「おおーっ！　走っておる！　妾《わらわ》はいま新幹線に乗っておる……！　そうじゃ、涼子《りょうこ》ちゃんに自慢しよっ！」

声を弾ませながらスマホを取り出し、ＬＩＮＥでメッセージを打つサラ。

涼子ちゃんというのはサラのクラスメートで、先日の『飛騨《ひだ》に不時着』でサラと一緒に主演を務めた沼田《ぬまた》涼子のことだ。

「にゃぬ!?　……な、なんじゃと……!?　……ま、負けた……」

今どきの子供らしく高速で文字をフリック入力しながら、サラがなにやら百面相をしながらときどき呻《うめ》いている。

つい気になって、プロの探偵らしく頭どころか目線すらまったく動かさずにスマホの画面を盗み見る惣助。

名古屋駅のホームで新幹線をバックにサラがポーズを決めている写真の下から、メッセージのやり取りがされていた。

サラ：今から東京行くのじゃ！　新幹線で！
涼子：ふーん
サラ：うらやましい？
涼子：べつに
サラ：なんでじゃい！
涼子：新幹線で東京行ったことあるし
サラ：なんじゃと!?　いつ!?
涼子：９才のとき家族旅行で
サラ：ではまだ涼子ちゃんが飛騨に住んでおったときじゃな
涼子：ああ
サラ：へえ、飛騨人も新幹線乗るんだ
涼子：普通に乗るわバカ。富山から北陸新幹線サラ：フハハ勝った！
涼子《りょうこ》：あ？
サラ：妾《わらわ》が乗っておるのは東海道新幹線なので富士山がみえるのじゃ
涼子：かがやきでも大宮《おおみや》あたりで富士山ぼんやりみえるぞ
サラ：のぞみのほうがもっとくっきり見えるし！　……まだ見てないけど
涼子：ふーん。でも富士山ならスカイツリーで見たしなー

「ス、スススカイツリイイイィィィィィイ……!?」

今にも泡を噴きそうな形相でサラが声を震わせた。

「ま、まさか飛騨《ひだ》っ子の涼子ちゃんが新幹線経験者じゃったとは……。友奈《ゆな》と弥生《やよい》は新幹線どころか飛行機にも乗ったことあるとか言っておったし、妾はいったい誰に自慢すればいいのじゃ……！」

サラは愕然《がくぜん》としたあとため息をつき、

サラ：今回は妾の負けのようじゃ。東京を知りスカイツリーの高さを知り、美濃《みの》でのシティーライフを知り、あと一応富山も知り、それでも飛騨のクソ田舎への気持ちが冷めぬとは、そなたの愛は本物じゃな。そなたこそ真の飛騨民族、否《いな》、飛騨原人、両面宿儺大士《りょうめんすくなだいし》じゃ！

そなたの飛騨愛はスクショしてクラスのグループラインに送っておくゆえ感謝するがよい！
涼子：てめえ帰ってきたらメチャクチャにするぞ
サラ：涼子ちゃんになら……いいよ♥　メチャクチャにされても……♥
涼子：スクショ撮ったぞ
サラ：カンベンしてください！（と土下座《どげざ》しているスタンプ）
涼子からの返事はしばらく返ってこなかった。
「……？」
サラが怪訝《けげん》そうに新しいメッセージを打とうとしたそのとき、
涼子：気をつけて行ってこいよ。帰ってこなかったらマジで犯すからな
「……！　妾めちゃくちゃにされてしまう……衆道《しゅどう》は十五になってからじゃというのに……」
サラはポッと頬を赤らめた。
「ふ……、ふひひ、やはりツンデレはいいのう！」
誤魔化《ごまか》すように笑うサラを横目で見ながら、噴き出すのをこらえる惣助《そうすけ》だった。

7月16日　10時47分

新幹線が愛知県を出て静岡県へ入ったあたりから、サラはずっと興奮しながら、窓に顔を貼り付けるようにして外の景色を見つめていた。

「おおー速い！　めちゃんこ速い！　景色がどんどん流れてゆく！　惣助《そうすけ》、こんなに速いと富士山も一瞬で見えなくなってしまうのではないかや⁉」

「さすがにそんなことにはならねえよ。たしか五分以上は見えてるはずだ。今日は天気もいいし、よく見えそうだな」

要らぬ心配をするサラに苦笑しつつ、惣助はスマホで地図と時間を確認し、

「さっき浜松《はままつ》駅を通過したから……富士山が見えるまでまだ二十分はあるな」

サラもスマホで地図を確認しながら、

「は～、この距離を二十分で……すごいもんじゃのう」

感嘆の息を漏《も》らして再び窓に貼り付くサラに、

「そういや、前の世界では富士山って見たことなかったのか？」

ふと気になって訊《たず》ねると、

「あるぞよ」

「あるんかい」

　あまりに楽しみにしている様子なので、てっきり一度も見たことがないと思っていた。

「反乱軍に制圧された帝都を脱出して、リヴィアと二人で逃亡生活を送っておるときに見たのじゃ」

「帝都、ってのはこっちの世界だとどこになるんだ？　やっぱ東京……江戸か？」

「滋賀の琵琶湖《びわこ》の近くじゃ」

「滋賀!?　なんで？」

　驚く惣助にサラは呆《あき》れ顔で、

「こっちの世界の信長《のぶなが》様も、天下統一ほぼ確定コースに入ったあたりで近江《おうみ》に安土城《あづちじょう》を造ったじゃろうが」

「あー、そういやそうだった。安土城って滋賀か」

　織田《おだ》信長は、当時の都であった京に近く、水運の便が良く交通の要衝《ようしょう》でもあった琵琶《びわ》湖の近くに、岐阜城に代わる新たな本拠地、安土城を建造した。

　堅牢《けんろう》な山城であった岐阜城とはまるで異なる、防御力よりも居住性に重きが置かれた、自らの威光を天下に知らしめるかのような絢爛豪華《けんらんごうか》な城であったという。

　しかし安土城が完成した三年後、こちらの信長は家臣の明智光秀《あけちみつひで》に本能寺《ほんのうじ》で暗殺され、安土城も焼失してしまった（焼失の原因についてははっきりしていない）。

「そっちの世界の信長《のぶなが》は無事に天下統一成功したんだから、そりゃそのまま安土城《あづちじょう》のある場所を首都にするわな」

「そのとおりじゃ」

サラが頷《うなず》いた。

「オフィム帝国の初代皇帝となった信長様は、十数年安土で政《まつりごと》をおこなったのち、皇帝の座を嫡男《ちゃくなん》に譲《ゆず》り、自らは岐阜城に入り晩年を過ごしたのじゃ。信長様が帰ってくる前から、すでに岐阜の民たちの間では、岐阜城ではなく舊《きゅう》魔王城と呼ばれて親しまれており、それを知った信長様は大笑いしたという」

「……魔王がかつて住んでた城だから、『旧』魔王城ってわけか」

「うむ」

しかし、そうなると新たな疑問が浮かぶ。

「……あれ？　だとするとお前ら、滋賀から岐阜に逃げてきたってことだよな？　富士山見えなくね？」

滋賀県は岐阜県の西側に隣接しており、一方で富士山は、岐阜のはるか東にある。

「つか、安土城と岐阜城ってけっこう近かったんだな」

スマホで地図を見ながら惣助《そうすけ》は言った。

安土城跡と岐阜城跡は距離的にはそこまで離れておらず、車なら二時間足らず、徒歩でも頑張って歩き続ければ一日で辿《たど》り着けてしまうらしい。

「歴史の授業で習ったときは、新たな戦いのために岐阜を捨てて別の土地に移った、みたいなイメージだったけど、馬使えばぶっちゃけ日帰りコースだし……岐阜県民が名古屋に遊びに行くみたいな感覚？」

するとサラは、頬を膨らませ、

「むっ！　けっこう大変じゃったんじゃぞ妾《わらわ》の逃亡生活は！」

「そ、そりゃ徒歩じゃさすがに大変だろうけど」

「そういう意味ではないわ！」

サラはむくれながら早口で、

「街道はすべて反乱軍に封鎖されて追っ手もかかっておったので、妾たちは人目につかぬ山の中を進むしかなかったのじゃ。土地勘もなく、ＧＰＳどころか方位磁針すらなくて現在地もよくわからん状態での」

「たしかにそりゃ大変そうだ……」

「うむ。妾の空間認識能力とリヴィアの野生の勘をもってしても迷走は免れず、帝都から北へ大きく迂回《うかい》して伊吹《いぶき》山脈を越え、飛騨《ひだ》山脈まで来たところでさすがに行きすぎたことに気づいて南に進むも、追っ手を避け続けておるうちにまたも変な方向に進んじゃっていつの間にか白《しら》根三山《ねさんざん》！」

白根三山《しらねさんざん》は富士山の西側、赤石山脈《あかいしさんみゃく》（南アルプス）にある三千メートルを超える三大巨峰の総称であり、その中でも最も高い北岳《きただけ》は、日本で二番目に高い山である。

一昔前、「日本一高い富士山のことは誰でも知っているのに、二番目に高い北岳の名前は誰も知らない。よって一番でなくては意味がないのだ」というロジックで擦《こす》られまくったせいで、逆に誰もが知っているほど有名になってしまった。でも、不動のナンバーⅡというのは正直かっこいいと惣助《そうすけ》は思う。

「白根三山……もしかして北岳に登ったのか？　いや、話の流れからするとまさかお前ら富士山登ったのか⁉」

「登るかたわけ」

あえてボケてみる惣助に、冷静にツッコんでくるサラ。

「リヴィアはせっかくここまで来たのでついでに富士山まで行こうとか言いだしおったが、さすがに止めたわい」

「そ、そうか……むしろよく岐阜まで辿《たど》り着けたな……」

想像を絶する大変な旅路に、惣助は顔を引きつらせる。

「まあリヴィアは体力オバケじゃし、妾《わらわ》も魔術で疲労を回復させられるからのう。長時間歩き続けること自体はそこまで苦ではないのじゃ」

「なるほど。ウンチなのにスタミナだけはあると思ってたが、魔術で回復してたのか」

かつてサラの自転車の練習に丸二日付き合ったときのことを思い出す。

あのときは体力に自信がある惣助でも筋肉痛でガタガタになったというのに、サラは平然としていた。

「うむ。よって妾、体育は嫌いじゃが持久走だけは楽しみなのじゃ。妾だけペース配分とか考えずにずっと全力疾走で無双してくれるわ」

「持久走を楽しみにしてるやつ生まれて初めて見た。つーか、そんなズルしてたら体力つかないから持久走やる意味ねえだろ」

含み笑いをするサラにツッコみ、

「まあ体育の話はさておき、逃亡生活中の水とか食料はどうしてたんだ？」

「水は湧き水を魔術で加熱すればすぐ飲めるし、食料はリヴィアが鳥や獣を大量に獲ってくるのでまったく困らんかったのう。魔術で川に電流流せば魚も取り放題じゃったし」

「ビリ漁かよ。つくづく便利だな魔術ってのは」

惣助は苦笑し、

「じゃあ、意外と快適な生活送ってたんだな」

「たわけ、快適なわけなかろう」

心外そうに言うサラ。

「北アルプスから南アルプスまで徒歩で縦断するデスマーチじゃぞ。どれだけ体力あろうときついわ。それに食料はあっても調味料がないので食事は素焼きばっかじゃし、風呂もベッドもトイレもないいんじゃぞ。宮廷育ちの妾《わらわ》にとっては地獄のような生活じゃった」

「あー……それは辛《つら》いな。つかトイレないってことは野g――」

「それ以上言ったらマジ許さんぞよ」

顔を赤くして睨《にら》んでくるサラ。

「……ともあれ、逃亡生活を何日も続けておるうちにさすがの妾も心が折れそうになっておった。そんなあるとき、南アルプスのどこぞの山を下っておる最中に夜明けを迎えたので何気なく東の空を見てみると、はるか遠くに朝日に照らされた富士山が見えたのじゃ。その神々《こうごう》しいまでの美しさは妾の疲れた心に染み入り、まるで富士山から生きよと応援されておるような気持ちになったのじゃ」

しみじみと言うサラ。

「あの光景は今も妾の心に焼き付いて離れぬ。きっと生涯忘れることはないじゃろうな。……まあそもそも妾は瞬間記憶能力あるので、あの光景以外も忘れんのじゃが」

最後に照れ隠しのように付け加え、サラは微笑《ほほえ》んだ。

富士山に対する想像以上に強い思い入れに、惣助《そうすけ》は何も言えなかった。瞬間記憶能力があるという設定がさらりと明かされたが、なんとなく察してはいた。

と、そこでちょうど新幹線がトンネルを抜け、窓の外が明るくなり、川の向こうに、そびえ立つ山が見えてきた。

七月だというのに山頂にはまだ白い雪が少し残っており、凄《すさ》まじく雄大でありながら同時に優美でもある。

古来より人々の信仰を集め、日本のシンボルとして社会、文化、芸術に至るまで多大な影響を与えてきた霊峰、富士山であった。

サラは目を見開き、口をわずかに開けながら無言で窓の外を見つめている。

息をするのも忘れているかのように富士山に見入っているサラ。

そんなサラに惣助はスマホを向け、写真を撮った。

仕事で使っているものでシャッター音がしないため、サラは撮られたことに気づかない。

窓の外の富士山もちゃんと写っていて、我ながらいい写真が撮れたと満足する惣助。

（……これから、もっといろんなところに連れて行ってやりたいな）

東京だけでなく、京都や九州や北海道や沖縄、それに海外も。岐阜県や近隣の愛知県や三重県にも、見所は数え切れないほどある。

サラにはもっといろんな景色を見せて、いろんなことを経験して、自分の可能性をどんどん広げていってほしいと思う。

登川《のぼりかわ》に「将来は探偵になる予定じゃし」と言ったが、サラがこちらの世界に来てまだ一年も経《た》っていないのだ。将来を決めてしまうには早すぎる。

役者、歌手、アイドル、お笑い芸人、小説家、弁護士、警察官、政治家、科学者――いろんな職業を知って、その上でサラが探偵になりたいと言うのなら、そのときは全力でそれを応援しようと思う。

（どんな大人になるんだろうな、こいつは）

そして自分は、いつまで一緒にいられるのだろう。

サラの将来を楽しみにしつつも、一抹《いちまつ》の寂しさが胸をよぎる。

そんな惣助《そうすけ》の顔は、まぎれもなく父親そのものであった。

異世界の姫、東京デビューする

7月16日　12時3分

富士山が見えなくなったあとも、サラはずっと窓の外を眺めながらはしゃぎ続けていた。

正午を少し回ったところで、惣助とサラの乗った新幹線は予定通り東京駅に到着。

「おっふ……名古屋も凄《すご》かったが、さらにえげつないほどの人の数じゃのう」

駅構内の人混みにサラが目を丸くする。

「ああ。久々に東京来たけどやっぱり別格だな」

名古屋駅は中央コンコースに人が一極集中している感じだったが、東京駅は構内のどこに行っても満遍《まんべん》なく大勢の人が歩いている。

週末のため、スーツ姿の人よりも旅行客が目立つ。

「さてと、昼飯はどうする?」

惣助がサラに訊《たず》ねると、

「せっかくなので東京らしいものが食べたいのう。東京はなにが名物なのじゃ?」

「うーん……シャレオツな店とか有名なレストランとかいくらでもあるが、東京発祥っていうと江戸前寿司とか深川めしとかもんじゃ焼きとかかな」

「ほむ。たしかこっちの世界のにぎり寿司は江戸で始まったんじゃったな」

「ああ」

サラのいた世界では魔術によって昔から内陸でも新鮮な魚が食べられていたらしいが、こっちの世界では寿司といえば関西で発展した、長期保存できる発酵寿司のことであった。

江戸時代、東京湾で獲れた新鮮なネタを酢飯に乗せた、いわゆる『にぎり寿司』が江戸っ子のファーストフードとして人気を博したのだが、冷蔵技術がない時代のため、ネタには保存が利くように酢や醤油《しょうゆ》で漬けたり茹《ゆ》でたり煮たりと工夫が施《ほどこ》されていた。

このため、江戸前寿司とは本来にぎり寿司全般のことを指す言葉なのだが、ただ新鮮なだけでなく、蒸す、煮る、漬ける、熟成するといった、ネタの味が引き出されるような『仕事』がされていることが、江戸前寿司の特徴とされることが多い。

惣助《そうすけ》がそんなウンチクをサラに語って聞かせると、

「メチャンコうまそげではないか！　これは期待せざるをえぬわ！　惣助！　お昼は江戸前寿司を食べるぞよ！」

そりゃそういう反応になるよなと思いつつ、

「……岐阜にも江戸前スタイルの寿司屋はたくさんあるから、今度お祖父《じい》ちゃんに連れて行ってもらってくれ」

声を弾ませるサラから、惣助はそっと目を逸《そ》らして言った。

現代の江戸前寿司は、主に回らない寿司屋で職人が丁寧な仕事をして供されるため、基本的にお高いのだ。

「ちち、甲斐性《かいしょう》なし……」

半眼で言ったサラに惣助は苦笑し、ボソリと、

「……明日はスカイツリーに行くから、節約しておきたいんだよ」

「スカイツリー!?　まことか!?」

サラが目をクワッと見開く。

「ああ。晴れてたらな」

明日東京のどこを観光するかは未定だったのだが、新幹線の中でサラが羨《うらや》ましがっているのを見てスカイツリーに決めた。

しかし料金を調べたら大人が三千四百円、中学生が二千二百五十円となかなかのお値段で、愛知県一宮《いちのみや》市の木曽三川《きそさんせん》タワー（高さ百三十八メートル。料金は十五歳以上が五百円、十五歳未満は二百円）と同じくらいだろうと考えていた惣助は思わず「なんでたかが展望台に上るだけでこんな高いんだよ！」と声に出して叫びそうになった。

お土産を買ったりスカイツリー内のレストランで食事をしたりすることも考えると、なかなか痛い出費である。

とはいえ、

「スッカイツリー♪　スッカイツリー♪　ウェイッ！　夢なぁらばぁ〜スカイツリー！　どぉれーほど〜スッカイツリー♪　ウェッ！」

調子外れな歌をうたって喜んでいるサラを見ると、その金額に見合うだけのものは既《すで》に手に入れた気がした。

7月16日　13時17分

昼食には結局、東京駅内でもんじゃ焼きを食べ、惣助《そうすけ》とサラは電車で羽瀬川《はせがわ》プロダクションのある新宿《しんじゅく》へと向かう。

「うーむ、まさかあんなゲボみたいな見た目なのに美味じゃとは……世の中には不思議な食べ物があるのう……」

サラが神妙な顔をして言った。

店で運ばれてきたもんじゃのタネを見て「うげえ……学年旅行でのバスの中の惨劇を思い出す……」と露骨《ろこつ》に嫌そうな顔をしたサラだったが、完成したもんじゃ焼きを一口食べた瞬間に態度を一変させた。

「立派に食事のメインを張れる粉もの料理でありながら、おやつ感覚で食べられる手軽さ、自分でタネを混ぜてキャベツの土手に流し込むというエンタメ性の高さ！　また一つ好物が増えてしまったのじゃ！」

「そりゃよかった。まあ俺はお好み焼きのほうが好きだけどな」

もんじゃ焼きも普通に美味《うま》いとは思うが、惣助は粉ものといえばお好み焼き派であった。

ちなみに岐阜市のお好み焼きの特徴は、『かなり薄くのばして焼いた生地を三つ折りにする』という、関西風とも広島風とも愛知県の二つ折りスタイルとも違う、岐阜県内でもほぼ岐阜市のみで見られる超変わり種である。

具が入っているので生地はクレープよりは分厚いが、紙で包めばまるでクレープのように食べ歩くこともできる。

なぜ岐阜市のお好み焼きがそんなふうに進化したのか、正確なことはよくわかっていないが、とにかく惣助にとってお好み焼きは子供の頃から三つ折りで、たまに仕事中に小腹が空いたときなどに歩きながら食べている。

「かかっ、美味ければどっちでもいいではないか。妾《わらわ》は岐阜のお好み焼きの洗練されしスタイリッシュ食べ歩きスタイルも、江戸のもんじゃのわんぱくどろんこ遊びスタイルもどちらも好きじゃよ」

「ふっ、たしかにお前の言う通りだな。原宿《はらじゅく》で売ってるお洒落《しゃれ》クレープって言ったら信じてもらえそうな岐阜のお好み焼きと、江戸時代に生まれた駄菓子。どっちも美味《うま》くてそれでいいじゃないか。無理に優劣を付ける必要なんてないよな」

「であるな！」

口ではそう言いながらも、明らかに岐阜のほうを持ち上げている二人を、周囲の乗客が睨《にら》んでいたり共感するように頷《うなず》いていたりする。睨んでいるのは全員東京モンで、それ以外は地方出身者だろう。

雑談をしながら電車に揺られていると、目的地の新宿《しんじゅく》駅へと到着。

東京駅をも超える人混みと、広大な多層構造の迷宮のような構内に焦《あせ》りつつ、スマホを頼りにどうにか新宿駅を出る。

アプリによれば羽瀬川《はせがわ》プロまではここから徒歩で十五分程度だが、なんとその間にも地下鉄の駅があり、それに乗れば五分ほど時間を短縮できるらしい。

二人は普通に歩いていくことを選択し、

「隣の駅まで徒歩五分とか、どんだけ駅あるんじゃい！　これではお好み焼きを食べ歩く暇もないではないか」

「きっと東京人は俺たちと違って足腰が貧弱なんだよ。あいつら多分、十分以上歩くと死ぬんじゃないか」

ちなみに惣助《そうすけ》の事務所からＪＲ岐阜駅までは徒歩で三十分ほどだが、これは岐阜市全体の中ではまあまあ駅から近いほうである。

「やれやれ、情けないのう東京人は」

「ああ。戦争になったら余裕で岐阜が勝つな」

そんなことを言いながら、人混みを縫うようにして進んでいくサラと惣助。

お気づきかもしれないがこの二人、東京をディスりまくることで都会の闇に呑まれないよう心を奮い立たせているところがある。

地方都市の若者の東京に対する思いは非常に複雑なので、東京民の方々にはご容赦《ようしゃ》いただきたい。

７月１６日　１３時５７分

二人が羽瀬川プロダクションに到着したのは、約束の時間ギリギリのことだった。

本当は十五分くらい前には着ける予定だったのだが、新宿駅で迷ったのと、新宿の道が想像以上に混雑していて時間がかかってしまった。

羽瀬川プロダクションのビルは、岐阜にも普通にありそうな、年季の入った六階建てのオフィスビルで、大物芸能人も所属している老舗《しにせ》の芸能プロという感じはしない。

入り口の扉の鍵もかかっていなかったので、惣助《そうすけ》とサラはとりあえず中に入り、階段を上がって二階の受付へと向かう。

しかし受付には誰もいない。

「土曜日だからみんな休みとか？」

「休日の事務所なんぞ見学しても仕方あるまい」

「だよなあ」

戸惑いながら惣助が登川《のぼりかわ》に電話すると、ほどなく階段を使って三階から登川が駆け下りてきた。

「申し訳ありません。お待たせしました、草薙《くさなぎ》さん」

「あ、いえ、私たちも今着いたばかりです」

惣助はそう答えてから受付に目をやり、

「あのー、受付に誰もいないのは休日だからですか？」

「いえ、普段からです」

「不用心じゃのう。誰でも入りたい放題ではないか」

サラが言うと登川は苦笑して、

「熱心なファンがいるようなタレントは、基本的に自宅から直接仕事場に向かうので、ここにはほとんど立ち寄りませんから」

「ではここはなんのためにあるのじゃ？」

「このオフィスを使っているのは、事務職と我々のようなマネージャー、それからレッスンのために来る新人タレントや講師のかたくらいでしょうか。あ、もちろん警備会社とは契約してありますので、なにかあればすぐに駆けつけてくれます」

登川はサラを安心させるように付け加えた。

「ほむ……なんとなくアイマスの３４６プロみたいなのを想像しておったのじゃが、７６５プロのほうが近いのう」

「と、とにかくレッスン室へどうぞ。ちょうど沙羅《さら》さんと同世代の新人が使っているところですよ」

微《かす》かに不満げなサラに、登川は取りなすように言った。

「ほむ、それは見てみたいのう」

というわけで、登川に案内されて階段を上り、五階にあるレッスン室に入る。

フロアのほぼ全体がレッスン室になっているらしく、バレエやヨガ教室のスタジオのようなリノリウムの床に、壁には自分の姿が見られるよう鏡が貼られている。

広々としておりダンスに芝居、漫才の稽古なども十分にできそうだ。

「お～、なかなか立派ではないか」

サラが感心した様子で言い、壁の鏡をしばらくじっと見つめたあと、

「かぁもんべいべぇ～あめりかぁ～♪」

突如《とつじょ》として惣助《そうすけ》の誕生日祝いで披露《ひろう》した、ダンスというか珍妙なタコ踊りを始めるサラ。

踊りながら鏡に映る自分の姿をどこか不可解そうに見つめ、

「……………さては妾《わらわ》、ダンスあんまり上手《うま》くないな？」

「おっ、自分で気づいて偉いぞ」

褒《ほ》める惣助に頬を赤らめるサラ。

「い、一緒に練習しておったお祖父《じい》ちゃんは『ヒョエー上手い上手すぎる！　あれーっ、なんでこんなところに安室奈美恵《あむろなみえ》ちゃんが⁉　と思ったら俺の孫だったわガハハ！』って褒めてくれたぞよ⁉」

「親父はお前のことになると目が節穴になるからなあ」

探偵および経営者として一流の観察眼や審美眼を持つ草薙勲《くさなぎいさお》だが、孫のサラのことを溺愛《できあい》しているため、サラが何をやっても全力で褒めちぎってしまうのだ。

「うう～」

恥ずかしそうに唸《うな》るサラに苦笑しつつ、惣助はフロア内を観察する。

芝居の練習をしている二十歳前後の若者が三人と、音楽に合わせてダンスの練習をしている中学生くらいの女の子が六人、漫才のツッコミのような動作を延々と繰り返している若い男が一人。

中でも一際目を引くのは、ダンスをしている女の子グループのうちの一人で、素人目《しろうとめ》にも別格で動きにキレがある。

容姿にも非常に華があり、色白の肌に切れ長の黒い瞳、ミディアムの黒髪にアクセントで赤のメッシュ。

かかっている音楽は韓国の人気ダンスユニットの、かなり激しい振り付けの楽曲なのだが、他の女の子たちは汗だくで顔にも疲労の色が出ているというのに、彼女だけは汗を浮かべながらもずっと笑顔のまま踊っている。

「へー、あの子すごいな」

惣助が思わず呟《つぶや》くと、「草薙さんにもわかりますか」と登川《のぼりかわ》。

「彼女は平和島陽葵《へいわじまひまり》さん。沙羅《さら》さんと同じく中学一年生です。弊社ジュニアタレントの中で一番の期待の星で、脇役ですが映画やドラマの出演経験もあります」

「ほほう」

サラも興味深そうに視線を向ける。

「沙羅さんが正式に弊社に所属することになりましたら、彼女とユニットを組んでいただくことも考えています」

「なるほど。妾の未来の相方候補というわけじゃな」

「あの子たちも地方から通ってきてるんですか？」

惣助《そうすけ》が訊《たず》ねると、

「陽葵《ひまり》さんの家は千葉で、他の子も基本的に関東在住ですね」

（……やっぱり岐阜から毎週通うとなると大変そうだな）

そんなことを考えていると、件《くだん》の平和島《へいわじま》陽葵が踊りを終えてこちらに目を向け、小走りに近づいてきた。

「おはようございます、登川《のぼりかわ》さん！」

華のある笑顔を浮かべ、ハキハキした声で挨拶《あいさつ》する陽葵。

「おはよう、陽葵さん」と登川。

そこで陽葵が登川からサラへと視線を移し、

「ひょっとして、この子が登川さんが声をかけてるっていう子ですか？」

「ええ、そうよ」

登川が肯定すると、陽葵は目を大きく開けてサラを見つめ、

「わぁ～っ、すっごい綺麗な子！　さすが登川さんがわざわざ岐阜までスカウトしに行くだけのことはありますねっ」

「かかっ、そうじゃろう」

陽葵の言葉に機嫌よさそうに笑うサラ。

「あたし、平和島陽葵って言いますっ☆」

「草薙沙羅《くさなぎさら》じゃ。沙羅でよい」

「あたしも陽葵でいいよ。沙羅さん、もし事務所に入ることになったらよろしくね。でも沙羅さん、すっごく可愛《かわい》いから、あたしなんか一瞬で抜かれちゃうかも……」

そう言って微苦笑を浮かべる陽葵に、

「なに、そなたも十分美人じゃし、オーラもなかなかのものじゃ。ダンスも上手《うま》いしそのうち売れるじゃろ」

鷹揚《おうよう》に言ったサラの言葉に、陽葵は微《かす》かに顔を引きつらせたのだが、一瞬だけですぐに笑顔に戻り、

「ありがとっ。そう言ってもらえると自信出てくるよー」

「うむ。……惣助、妾《わらわ》はしばらく陽葵と親睦《しんぼく》を深めたいのじゃが」

サラが惣助に言う。

「親睦？　まあ、いいんじゃないか」

「それでは草薙さん、事務室のほうで私から、保護者様向けのご説明などさせていただけませんか？」

「わかりました」

登川の提案に賛成し、惣助はサラを残してレッスン室を出るのだった。

7月16日　14時25分

「あ〜〜〜っ、クッソだっりいいい〜〜〜〜〜」

惣助《そうすけ》と登川《のぼりかわ》がレッスン室を出ていったあと。

二人をニコニコした笑顔で見送った平和島陽葵《へいわじまひまり》は、まるで別人のようなガラの悪い唸《うな》り声を上げながら、その場でウンコ座りの姿勢になった。

それから近くで自分を見下ろしているサラを睨《にら》み、

「オイ新入り。ちょっとジュース買ってこいよ。果汁百パーセントのやつな」

「まだ妾《わらわ》はこの事務所に入ると決めたわけではないので、新入りではないんじゃが」

冷静に指摘するサラ。

「うっせえ。こまけぇことはいいんだよ。つーかてめえ、新入りのくせに態度でけーんだよ。なにが『そのうち売れる』だよ。何様だっつーの」

ドスの利いた声で威圧する陽葵をサラは平然と受け流し、

「妾なりに公正な評価のつもりなのじゃが。妾のオーラを百とした場合、そなたは八十くらいはあると見た。自信持ってよいぞ」

「だからなんで上から目線なんだよ。あたしのダンスが百だったらてめえは五くらいだぞ」

「五じゃと……？　…………せめて十五くらいはない？」

しばし眉をひそめ、小首を傾《かし》げるサラ。

「ねえよ。なんださっきのタコ踊り。ダンスなめてんのか」

「あんな激しく踊りながらこっちも見ておったのか……！　ま、まあ妾《わらわ》のダンスが成長途中であることは認めよう」

そこでサラは苦笑を浮かべ、

「しかしそなた、見事なまでの猫かぶりっぷりじゃな」

陽葵《ひまり》は忌々《いまいま》しげに舌打ちし、

「……そういうてめえはあんまし驚いてねえみたいだな」

するとサラは笑い、

「かかっ、いきなり新入りをビビらせて立場をわからせるというのは、千葉のヤンキー社会では悪くない手かもしれんが、妾も伊達《だて》に修羅場《しゅらば》はくぐっておらんからのう。なにせ権謀術数《けんぼうじゅっすう》渦巻く宮廷育ちゆえ」

「あぁ？　意味わかんねー」

「それに、のっけから手の内を晒《さら》すのは弱みを握られることにもなりかねんぞよ。……こんなふうに」

言いながらサラがスマホを取り出して操作する。

するとスマホのスピーカーから『あ～～～～っ、クッソだっりぃぃぃ～～～～～』『オイ新入り。ちょっとジュース買ってこいよ。果汁百パーセントのやつな』と、先ほどの陽葵の声が流れ出した。

「て、てめえ録音してやがったのか！」

焦《あせ》る陽葵にサラは笑い、

「探偵ならこれくらい当然なのじゃ」

「け、消せ！　でないとブッ殺すぞ！」

「今のもバッチリ録音したぞよ。そなたが将来売れっ子になったとき、この音声がうっかり流出してしまったら大変じゃのう」

「ぐぐ……」

からかうように言うサラに、陽葵は悔しげに呻《うめ》き、

「チッ、クソがッ！　流出させたきゃ勝手にしやがれ！」

「ほう、開き直るか」

「そんなもん、芝居の練習してたときのだとかいくらでも誤魔化《ごまか》せるし」

「意外と知恵が回るようじゃの。たしかにそのとおりじゃ」

サラは感心したようにそう言って、あっさりと録音データを消去した。

「ほ……」

安堵《あんど》の息を吐く陽葵《ひまり》にサラは悪戯《いたずら》っぽく笑い、

「ふひひ、その歳でガチで芸能界目指すような子供が、純粋無垢《むく》な良い子ちゃんなわけないからのう。猫かぶっておるのはすぐにわかった」

「ガチで芸能界目指してるとか決めつけんじゃねーよ」

「違うんかや?」

「あたしは登川《のぼりかわ》のババアに『ハシカンみたいになれる』って言われたからこの事務所に入ったんだ。でもいつまで経《た》ってもレッスンばっかで、たまに仕事があっても生徒Aとかモブ役ばっかだし」

「なんと。妾《わらわ》もスカウトされたときポスト橋本環奈《はしもとかんな》を目指すとか言われたぞよ」

サラの言葉に陽葵はジト目になり、

「……あいつもしかして、スカウトするとき全員に同じこと言ってんじゃね?」

「その可能性はあるのう」

サラは肯定しつつ、

「じゃが妾の見たところ、登川の熱意は本物じゃ。そなたもそう思うからこそ、これまで真面目に励んできたのではないかや?」

「……それはまあ」

「それにハシカンもかつては福岡のローカルアイドルじゃった。登川がスカウトした全員をハシカンレベルまで育成しようと本気で考えておっても不思議ではあるまい」

陽葵は少し考える素振りを見せ、

「……てめえの言う通りなのかもな。あの人、案外ガキっぽいとこあるし。しゃーねえ、もう少し付き合ってやるか……」

陽葵は嘆息してゆっくりと立ち上がり、いきなりサラの手を取った。

「というわけでぇ、これからよろしくねっ☆　沙羅《さら》ちゃんっ☆」

ぶりっ子の笑顔を浮かべる陽葵にサラは唇を尖《とが》らせ、

「むーん、そのわざとらしいキャラ付けはあんまり好みではないのう。妾は天然モノのツンデレを愛するゆえ」

「て、てめえにわざとらしいとか言われたくねえよ！　ツッコんだら負けと思ってたけど、なんだその変な喋《しゃべ》り方！」

ケチをつけてきたサラに陽葵が反論すると、

「これはれっきとした妾のネイティブな喋り方じゃい。……まあ、この国の者たちと交流しておるうちにだんだん言葉がうつってきたので、最近は意図的にキャラ作りしておるのは否《いな》めんがの。ホントはあーしギャル言葉とかヨユーでマスターしてっし☆」

「んぶっ」

唐突に変顔をしたサラに、陽葵が噴き出す。

「こっちこそよろしくねっ☆　陽葵《ひまり》ちゃんっ☆」

たたみかけるように可愛《かわい》いポーズをとるサラに、陽葵は「んがぐっ」としばらく苦しそうに笑いを堪《こら》え、

「……て、てめえホント変なヤツだな」

７月１６日　１５時２７分

羽瀬川《はせがわ》プロダクションの事務室で登川《のぼりかわ》から小一時間ほど話を聞き、惣助《そうすけ》がレッスン室に戻ってくると、サラと陽葵が他の少女たちと一緒に踊っていた。

サラは私服ではなく、陽葵たちと同じくダンスの練習着を着ている。

どうやら陽葵がサラにダンスを教えているらしいが、もちろんこんな短時間で急に上達するわけもなく、サラのダンスは相変わらずのタコ踊りである。

かかっている曲はＡＫＢ４８の『恋するフォーチュンクッキー』で、一時間前に陽葵が踊っていた曲と比べると振り付けの難易度は格段に低い……というかダンス初心者向けなのだが、それでもやはりタコである。

「だからそうじゃねーっつってんだろサラ公！　もっとなんかビシッてやれビシッて！　あと

足もっとビュッて上げろ！」

「教えるの下手くそか！　ひまりんの指示は抽象的すぎるのじゃ！」

口々に言い合いながらも、二人はどこか楽しそうであった。

（というか、すでにあだ名で呼び合ってるし……）

どうやら惣助がいない間にすっかり打ち解けたようだ。

「そもそも妾《わらわ》、この曲の振り付けは前にテレビで見て完璧に憶《おぼ》えておるわ」

「あぁ？　だったらなんでそのとおりにやらねえんだよ」

「フハハ頭でわかっておるのと実際に身体《からだ》が動くかは別問題じゃ！」

「威張んなボケ！」

（相変わらずコミュ力たけーなーサラ……）

しかし気になるのは、

「……あの子、あんなヤンキーみたいな感じでしたっけ？」

一時間前とまったく様子が違う陽葵に惣助が戸惑いを浮かべると、「陽葵さんはあっちが素なんです」と登川が言った。

「な、なるほど」

さすが芸能事務所、所属している子もなかなか個性豊かなようだ……と妙に感心してしまう惣助だった。

「どうもサラ公のはダンス以前の問題みてーだな。そもそも身体《からだ》が硬すぎる。今日から毎日、しっかりストレッチして身体柔らかくしろ」

ヤンキー座りになって疲れた顔で言う陽葵《ひまり》。

サラも後ろに手をついて座り込み、

「ええー。地道な努力とか苦手なんじゃが。いっそダンスではなくバンドスタイルで売っていくのはどうじゃ？　中学生ガールズロックバンド、これはモテる！」

すると惣助《そうすけ》の隣にいた登川《のぼりかわ》がぼそりと、

「バンド……たしかにそれもアリですね。ＺＯＮＥのデビュー当時の平均年齢は十三歳でしたし」

サラの言葉を聞いた陽葵は、

「バンド？　サラ公なんか楽器できんのか？」

「できぬ。ボーカル以外全パート募集じゃ」

「業界なめんのもいい加減にしろタコ」

サラの答えに顔を引きつらせる陽葵。

「むーん、そもそも妾《わらわ》、アイドルよりも役者のほうが向いておると思うのじゃが」

唇を尖《とが》らせるサラに、

「アホか。役者だってある程度は動けねえと使いもんにならねえっつーの。ハシカンだって、可愛《かわい》いだけじゃなくてちゃんと動けるからドラマに映画に引っ張りだこなんだろうが。あれはローカルアイドル時代の下積みあってこそだ」

「む、そう言われるとたしかに」

「だから今どきはどこの養成所だって……俳優でも歌手でも声優でも、ダンスのレッスンは必須になってる。表現力も運動能力もリズム感も記憶力も全部鍛えられるからな」

陽葵の話を聞いたサラは嘆息し、

「なんと……芸能界への道は厳しいのう。じゃが妾には、ハシカンにも決して真似《まね》出来ぬことができる」

「あん？　具体的になんだよ」

「飛べる」

怪訝《けげん》な顔で訊《たず》ねた陽葵にサラが端的に答えた。

「はあ？」

「よく見ておれ」

「見せるな」

立ち上がり、堂々と魔術で空を飛ぼうとしたサラの頭を、惣助が軽くはたいた。

「いたっ」

「悪いね、こいつたまによくわかんない冗談言うクセがあるから」

「は、はあ」

笑って誤魔化《ごまか》す惣助《そうすけ》に、陽葵《ひまり》が困惑した顔を浮かべた。

「おお惣助。話は終わったのかや？」

「ああ」

惣助は頷《うなず》き、

「詳しい話を聞かせてもらって、俺はお前が希望するならこの事務所に入ることに反対はしないと決めた。もっとも、いきなり正式に契約するわけじゃなくて最初は研修生って扱いでいろんなレッスンを受けながら適性を見るらしいけど」

事務所によっては研修生からレッスン料といった名目でお金を取ったり、場合によってはデビューさせるつもりもないのに芸能人やアーティストに憧れる若者から金を巻き上げる悪質な会社すらあるとのことだが、羽瀬川《はせがわ》プロにその心配はなさそうだった。

……それでも一応、あとで弁護士のブレンダや悪徳商法に詳しい父の会社に契約内容を精査してもらうつもりだが。

「ふーむ」

惣助の言葉を聞いたサラは少し考える素振りを見せ、ちらりと陽葵に目をやった。

すると陽葵は少し頬を赤らめ、ぼそりとぶっきらぼうな声音《こわね》で、

「……うちに来いよサラ公。一緒に芸能界で天下獲ろうぜ」

それを聞いたサラは微笑《ほほえ》み、惣助に向き直る。

「惣助、妾《わらわ》はここで自分を試してみるぞよ」

「わかった」

柔らかな眼差《まなざ》しでサラを見つめ、惣助は頷いたのだった。

SALAD BOWL
OF
ECCENTRICS

CHARACTERS

平和島陽葵

ジョブ:新人タレント
アライメント:中立/中庸

体力:	72	敏捷性:	75
筋力:	51	器用さ:	71
知力:	31	魅力:	83
精神力:	78	運:	50
魔力:	0	コミュ力:	64

SALAD BOWL OF ECCENTRICS

CHARACTERS

草薙沙羅

ジョブ:中学生、芸能事務所研修生 NEW
アライメント:中立／混沌

体力:	35	敏捷性:	36
筋力:	17	器用さ:	42
知力:	98 NEW	魅力:	95 NEW
精神力:	83	運:	90 NEW
魔力:	97 NEW	コミュ力:	76 NEW

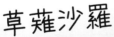

狙われている男

7月24日　11時7分

惣助《そうすけ》とサラが東京に行き、サラが羽瀬川《はせがわ》プロダクションの研修生となってから一週間後の日曜日。

インターフォンが鳴ったので、惣助が鏑矢《かぶらや》探偵事務所の玄関のドアを開けると、サラの友達で学年が一つ上の中学生、永縄友奈《ながなわゆな》が立っていた。

手には膨らんだエコバッグを持っており、ネギがはみ出している。どうやら料理を作るために来てくれたようだ。

料理があまり得意ではない惣助とサラのために、友奈はたまに料理を作ってくれる。作りすぎた肉じゃがをお裾分けしてくれたのを皮切りに、たまに余った料理を持ってきてくれるようになり、最近では惣助の家のキッチンで直接、数日分のおかずを作り置きしてくれるようになった。

母親が夜まで働いているため、家に帰っても一人ということで、惣助とサラと一緒に夕食を食べていくことも多い。

だが今日は、

「あー、悪い。今日はサラは——」

「知ってる。東京行ってるんでしょ」

留守にしてる、と言おうとした惣助の言葉を遮《さえぎ》り、友奈は言った。

サラは羽瀬川プロダクションの研修生として、毎週土曜日か日曜日に事務所まで行きレッスンを受けることになった。

今日がその初日というわけだ。

惣助は午後にブレンダから呼び出しを受けているため、代わりに父の勲《いさお》に同行してもらっている。

サラなら一人でも大丈夫だろうが、やはり中一の女の子一人で岐阜から東京まで行かせるのは心配だったのだ。

勲は若い頃は東京の探偵事務所に勤めており、土地勘もあるので適任だった。

……嫌っていた父親との距離が、サラのおかげで急激に近くなっているのが複雑ではある。

まあそれはそうと、

「サラが家にいないの知ってるのに来たのか？」

不思議に思って惣助が訊《たず》ねると、友奈は少し顔を赤らめて、

「だってオジサン、サラがいなかったらご飯カップ麺とか菓子パンで済ませるでしょ」

「う……」

図星を突かれ顔を引きつらせる惣助《そうすけ》。まさに今日の昼食は適当にカップ麺でも食べようかと考えていたところだった。

「やっぱり」

友奈《ゆな》が呆《あき》れ顔をする。

サラの健康を考えて、普段はなるべく野菜とか健康に良さそうなものを取り入れるようにしているのだが、サラが来る前の惣助の食生活は典型的なアラサー独身男だった。

野菜は値段が高いし好きでもないのでほとんど食べず、そもそも不規則な仕事なので賞味期限の短い生鮮食品は買いにくい。納豆だけはほぼ毎日食べていたが、健康のためというよりは単純に安いからだったし。

「なんつーか……いつも悪いな」

ばつが悪そうに言う惣助に、友奈は小さく笑って、

「それじゃ、上がるね」

事務所の中に入り、まるで自分の家のようにキッチンまで歩いていく友奈。

そしてエコバッグの中からいくつかの食品を取り出し、手際よく冷蔵庫に収納していく。

惣助はその後ろ姿を見ながら、

「今日は何を作ってくれるんだ？」

「んー、日持ちするおかずを適当に何品か作るつもりだけど、まずお昼はなに食べたい？　大抵作れるよ」

頼もしすぎる言葉に惣助は感心しながら少し考え、

「……ええと、じゃあチャーハンとか作れたり？」

「チャーハンね。わかった。具はなにがいい？」

「任せる」

「ん」

小さく頷《うなず》き、友奈は冷蔵庫とエコバッグの中を物色する。

「あ、でもうちのコンロ、火力弱いぞ。どうしてもベチャってなる」

惣助もチャーハンは何度か作ったことがあるのだが、中華料理屋で出てくるチャーハンのように米がパラパラにならず、絶対にベタベタとした仕上がりになってしまう。

聞くところによると中華料理は火力が大事で、店で使うコンロは家庭用とは比較にならないほどの火力が出せるようになっているらしい。

しかし友奈は、

「大丈夫。家のコンロでもパラパラにするコツがあるから」

「マジか。じゃあ家でも中華屋みたいなチャーハンが食えるってこと？」

「お店ほどじゃないと思うけど」

謙遜《けんそん》する友奈《ゆな》に惣助《そうすけ》は、

「とにかく楽しみにしてるよ。俺はあっちで仕事してるから、できたら呼んでくれ」

「ん」

短く返事して友奈がまな板の上にネギを置く。

その様子を見ながら、惣助は仕事場のほうへ向かうのだった。

7月24日　12時4分

一時間ほど経《た》ち、友奈が惣助に声をかけてきた。

「ご飯できたけど」

「おう」

オフィスチェアから立ち上がりリビングへ向かうと、ガーリックの香ばしい匂《にお》いが立ちこめる黄金色のチャーハンが二皿、テーブルの上に置かれていた。

チャーハンの他には卵スープ、中華風春雨サラダ、もやしのナムル。

いずれも紅ショウガ、ネギ、ごま、キュウリ、カニカマ、ハムなどが加えられ、彩り豊かで見るからに美味《おい》しそうだ。

「おー、こんなに作ってくれたのか」

感心の声を上げる惣助に友奈は淡々と、

「他のはタッパーに詰めて冷蔵庫に入れといたから。どれも五日くらいはもつけど、なるべく早めに食べて」

「わ、わかった」

昼食分だけでなく、作り置きの料理も既《すで》に作ってあることに驚きを禁じ得ない。

この事務所のあまり広くないキッチンで、多くの食材を使って複数の料理を短時間で完成させるには、単純な調理のスピードだけではなく、限られたスペースの中でいかに効率的に作業を進めていくかという段取りが求められる。誰にでもできることではない。

「……でもほんとにすごいな。手際がよすぎる」

「べつに、これくらい大したことないし」

心から感嘆する惣助に、友奈は少し顔を赤らめて素っ気なく言った。惣助は苦笑し、

「はは、あんまり謙遜しすぎるのも嫌味だぞ。これで大したことないなら、こんなことできない俺やサラはどうなるんだ」

すると友奈は少し考え、

「えっと……………クソザコ？」

小首を傾《かし》げる友奈。

「俺たちがザコなんじゃなくて友奈《ゆな》がすごいってことにしてくれよ」

苦笑しながら惣助《そうすけ》は料理の前に座り、友奈もそれに倣《なら》う。

「それじゃ、いただきます」

さっそくチャーハンを口にする惣助。

まるで店のチャーハンのようにパラパラになった米一粒一粒に卵がしっかり絡《から》まり、細かく刻まれた豚肉とキャベツの味と食感が絶妙にマッチしている。少し濃い目の味付けも惣助の舌に合う。

(すげえ……うちのキッチンでこんなん作れたのかよ……!)

思わず夢中になって無言でチャーハンを口に運ぶ惣助を、友奈が上目遣いで見つめる。

「うん?」

視線に気づいた惣助に、友奈はおずおずと、

「……どう?」

「めちゃくちゃ美味《うま》い!」

腹ぺこな男子学生のような笑顔を浮かべて答えた惣助に、友奈は「そ、そう」と小さく呟《つぶや》きながらはにかんだ。

チャーハン以外のおかずも一手間が加えられた絶品で、惣助はあっという間にそれらを余すことなく平らげ、

「はー、ごちそうさま」

満腹になって後ろに両手をつき、心から満足して言う惣助《そうすけ》。

「マジでめちゃくちゃ美味《うま》かった。ありがとな。……あ、そういや材料費いくらだった？これだけ作ると結構かかったんじゃないか？」

「材料費のことは気にしなくていいから」

「いやそういうわけにはいかんだろ」

「べつに、スーパーで安かったやつとか、うちで使う食材の余りで作っただけだから」

淡々と言う友奈《ゆな》だったが、いかに料理に疎《うと》い惣助でもそれが嘘だということくらいわかる。

「こんな美味いものを食わせてもらってそれじゃ、こっちの気が済まないんだよ。前々からいろいろ作ってもらってるし、このへんでしっかり精算させてくれ」

「ふーん……」

友奈はしばし無言で惣助を見つめ、

「……じゃあ、お金の代わりにお願いがあるんだけど」

「お願い？」

訝《いぶか》る惣助に、友奈はおずおずと、

「アタシをこの事務所でバイトさせて」

「は？」

惣助は虚を突かれ目を丸くする。

友奈は頬を赤らめながら惣助の目をしっかり見て、

「アタシ、将来は探偵になりたいの。だからオジサンのところで働いて、プロの探偵の仕事を覚えたい」

友奈の言葉に惣助は冷静な声音《こわね》で、

「探偵のスキルを習得したいなら、探偵学校に入ったり、新人の育成システムが確立されてる大手事務所……まあ例えば草薙《くさなぎ》事務所とかに行ったほうがいいだろ」

すると友奈も平静な口調で、

「うちお金ないし。べつにオジサンは何も教えてくれなくていい。バイトしながら勝手に見て覚えるから」

「つーかそもそも、中学生をバイトさせられるか」

惣助の正論に対し友奈は、

「でもサラはオジサンと一緒に仕事してたじゃない。……アタシのときとか」

(う……)

友奈とサラが友達になったのは、友奈が学校でイジメを受けているのを解決するよう彼女の母親から依頼され、サラと一緒に友奈と会ったのが始まりだった。

「自分の子供に家の仕事を手伝ってもらうのと、赤の他人の中学生をアルバイトとして雇うのとは全然別の話だろ」

当時のサラと惣助《そうすけ》は親子ではなかったのだが、その後ろめたさを誤魔化《ごまか》すよう少し強めな声音《こわね》で言う惣助に、

「……それじゃ、アタシが高校生になったら正式にここでバイトさせてくれる？」

「え？」

躊躇《ためら》う惣助の目を、友奈《ゆな》はまっすぐに見つめる。

「……うちでバイトするより、探偵としてのスキルを効率的に身につけられる方法はいくらでもあるぞ」

「それでもここがいい。アタシはオジサンみたいな探偵になりたいんだから」

「……！」

真剣なその言葉は、惣助の心に深く突き刺さった。

自分のような貧乏探偵に、憧れられるような要素があるとは思えない。

友奈の惣助に対する過大な評価は、「初めて出会ったプロの探偵で、自分を助けてくれた」という刷り込みから来るものだろう。

それでもやはり――自分が誰かの目標になっているというのは誇らしい。

「……わかった。友奈が高校生になって、まだ本気でうちでバイトしたいと思ってたなら、そのときは雇ってやる。バイト代激安だけどな」

「ホント!?」

「……ああ」

「言質《げんち》取ったからね！」

声を弾ませながら、友奈はなぜかポケットの中からスマホを取りだした。

「……？」

訝《いぶか》る惣助の前で、友奈はスマホで音声を再生する。

『……わかった。友奈が高校生になって、まだ本気でうちでバイトしたいと思ってたなら、そのときは雇ってやる。バイト代激安だけどな』

まぎれもなく、ついさっき惣助が友奈に向けて言った言葉だった。

「言質っつーかガッツリ証拠録《と》ってるじゃねえか！」

ツッコむ惣助に、友奈は「にひひ」と悪戯《いたずら》っぽくはにかんだ。

「油断したね、オジサン」

「ったく……」

（……この子、マジで探偵の才能あるかもしれないな）

惣助は本気でそう思ったのだった。

7月24日　13時26分

午後、惣助《そうすけ》は得意先である愛崎《あいさき》弁護士事務所を訪れた。

ブレンダから依頼の詳細を聞かされ、

「了解。明日から取りかかります」

惣助の返事にブレンダは含み笑いを浮かべ、

「くふふ、お願いするわ。……ところで惣助クン」

「はい？」

「今日のお昼は中華だったのかしら？」

「え？」

いきなり昼食を言い当てられ、驚きと戸惑いを浮かべる惣助。

「そうだけど……なんでわかったんだ？」

「惣助クンの口や身体《からだ》から香辛料の匂《にお》いがするもの」

「マジですか」

「ええ。珍しいわね、アナタがそんなに匂いをプンプンさせてるなんて」

探偵である惣助は、なるべく他人の注意を引かないよう普段から匂いに気を配っているのだ。

惣助は苦笑を浮かべ、

「すいません。昼に食べたチャーハンがあまりにも美味《うま》かったんで、ちょっと気が緩んでたみたいです」

「へえ、どこのお店かしら？」

「や、友奈《ゆな》がうちに来て作ってくれたやつです」

惣助の回答に、ブレンダは顔を引きつらせつつ、

「ふ、ふうん……わざわざうちに来て手料理を振る舞うなんて、すごく仲がいいのね。その子とサラちゃん」

「ああ、はい。まあ今日はサラいなかったんですけど」

「あ？」

「一応ブレンダさんにも言っておこうかな。実はサラ、芸能プロダクションに入ることになりまして」

「は？」

きょとんとするブレンダに、惣助はサラが羽瀬川《はせがわ》プロダクションの研修生となり、今日から週末は東京に通うことになったと伝えた。

「そうだったの……たしかにサラちゃん、とても可愛《かわい》らしいからスカウトされても不思議で

はないわね」

「ですね」とナチュラルに頷《うなず》く惣助《そうすけ》。

と、そこでブレンダは、不意に真剣な顔になり、

「待った。ということは今日は、家に惣助クンしかいないときに、その女子中学生が手料理を作りに来たということ？」

「はい」

「そしてアナタは家で彼女の作った料理を食べたのね？」

「ああ」

「アナタは自分の家に女子中学生を招き入れ、二人きりで食事をしたのですね？」

「まあ、そうですね。……なんで誘導尋問風なんですか」

苦笑しつつツッコむ惣助。

「……男性一人しかいない家に女子中学生を上げるなんて軽率ではないかしら？」

非難がましい声で言うブレンダに、

「そういう言い方されるとなんかアレな感じだけど、家っつったって事務所を兼ねてるし、娘の友達だぞ？　やましいことなんかなんもないですよ。一人だとカップ麺ばっか食ってそうだからって、心配して作りに来てくれただけなんだから」

するとブレンダはどこか拗《す》ねたように唇を少し尖《とが》らせ、

「だ、だとしても、気軽に未成年を家に上げるのはどうかと思うの。……栄養のある食事が必要なら……ワ、ワタシがたまに作りに行ってあげるから」

か細い声で言うやいなや、ブレンダは頬を真っ赤にしてうつむく。

そんな彼女の様子に、惣助は以前ブレンダと岐阜横町で飲み、惣助の家で一夜を過ごしたブレンダが朝食にスパニッシュオムレツを作ってくれたときのことを思いだし、顔が熱くなるのを感じた。

「ええとその……あ、ありがたい話です。機会があったらその、また、ぜひ……」

しどろもどろになる惣助に、ブレンダも「え、ええ。そのうち、機会があれば、また」とうつむいたまま小声で答えたのだった。

７月２４日　１５時３１分

愛崎《あいさき》弁護士事務所から戻ってきた惣助が、仕事場でパソコン作業をしていると、インターフォンが鳴った。

やってきたのは草薙《くさなぎ》探偵事務所に所属する探偵で、惣助のかつての後輩、閨春《ねやはる》花《か》であった。

「で、今日は何の用だ？」

閨《ねや》をオフィスに通して惣助《そうすけ》が訊《たず》ねると、彼女は上目遣いで、

「用がないと先輩に会いに来ちゃ駄目ですか？」

「いや、来てくれてちょうどよかった」

「え？」

毎度の茶番にいつもとは違う答えを返した惣助に、閨が意外そうな声を上げる。

「……そっちの所長が帰ってきたら、サラに付き添ってもらった礼を言っといてくれ」

惣助の言葉に閨は少し呆《あき》れた様子で、

「そんなの先輩が自分で所長——お父さんに言えばいいじゃないですか」

「……それはなんかほら……アレだし」

サラの戸籍取得以来、父の勲《いさお》にはいろいろ世話になっており正直とても助かっていて、感謝もしている。でも面と向かってお礼を言うのは嫌だ。

「ふふっ、先輩の照れ屋さん」

「照れとかじゃねえよ」

からかう閨に、憮然《ぶぜん》として言う惣助。

「で、そっちは何の用なんだ？」

「毎度おなじみ、お仕事の紹介です」

閨はたまに、草薙《くさなぎ》探偵事務所に来たものの主に料金面で折り合いがつかなかった依頼を、惣

助に紹介しにやってくる。

今回闇が持ってきたのは、最近学校をサボっているらしい高校生の娘が何をしているのか調べてほしいという母親からの依頼だ。

今週はブレンダからの依頼もあるが、あっちは会社帰りのサラリーマンの調査なので時間的に両立できそうだ。

「わかった、引き受ける。先方に話を通しておいてくれ」

「はい、先輩」

闇はにこやかに頷《うなず》き、

「それにしても、サラちゃんが毎週東京に行くとなると大変ですね。うちの所長だっていつも空いてるわけじゃないですし」

「まあ、そうだな……」

今日はたまたま惣助に用事があって勲が空いていたが、どちらも用事があるという場合も今後出てくるだろう。

「先輩は、お身内は所長だけでしたっけ？」

「ああ。母親もどこかで生きてるんだろうけどな」

両親は惣助が物心つく頃には離婚していたため、母親の顔も思い出せないし、幼い頃からそれが自分にとっての普通だったから、特に会いたいとも思わない。

「もしよかったら、先輩も所長も空いてないときは、わたしがサラちゃんの付き添いをしましょうか？」

「閨《ねや》が？」

意外な提案に驚く惣助《そうすけ》。

「はい。わたしは草薙《くさなぎ》事務所の秘密兵器なので暇なことが多いですし、東京もそれなりに慣れてますから」

「うーん……でも閨にサラを預けるのはなあ……」

難色を示す惣助を見て閨は、

「それにわたし、けっこう子供好きなんですよ」

「初耳だ」

疑惑の眼差《まなざ》しを向ける惣助に閨は苦笑して、

「本当ですって。……実は最近、小さい女の子と仲良くなったんです。その子と一緒に料理をしたりお菓子を作ったりしていると、なんだか和《なご》むっていうか……その、ぼ、母性？　をくすぐられるといいますか」

頬を赤らめ、本当に恥ずかしそうにはにかむ閨。彼女の言葉が本心なのかどうか、惣助には判別がつかなかった。

「ときどき、自分に子供がいたらこんな感じなのかなって思ったりするんです。旦那さんと子供と三人で手をつないで歩いてるのを想像しちゃったりとか」

「闇がそんな妄想するとは意外だな」

　すると闇はうっとりと微笑《ほほえ》んで、

「しますよ。わたしとサラちゃんと先輩が手をつないで歩いてる光景、いいなーって」

「なんで俺とサラなんだよ」

　ジト目でツッコみつつ、思わず惣助もそんな光景を脳裏に思い浮かべてしまい、慌ててそれを振り払う。

「先輩も想像しましたか？」

「してねえよ！」

　即座に否定するも、頬が赤くなるのは止められない。

「ふふっ、先輩可愛《かわい》い」

　闇は悪戯《いたずら》っぽく微笑み、

「それじゃ、わたしは帰りますね。サラちゃんの付き添いの件は本気なので、お気軽に連絡してください」

「あ、ああ」

　闇が事務所を去ったあと、惣助は事務所のソファに深く腰を下ろし、天井を仰いで深々とため息をついた。

これまでの『もしかしたら自分に好意を抱《いだ》いているかもしれない清楚な美人……を演じているハニートラップの名手』とは異なる閨《ねや》の様子に、不覚にも動揺してしまった。

ただでさえ凄腕《すごうで》だというのに、新たに母性やら子供好きやらの属性まで自在に使い分けられるようになったら、閨のハニートラップの捕捉対象はますます広がってしまう。

この先、どれだけの人間が彼女の罠に引っかかってしまうのかと考えると空恐ろしい。

（けど、もしも母性やら子供好きやらが本心だったとしたら……）

別れさせ工作員をやめ、本当に清楚で慈愛を持った閨は、さぞかし魅力的だろうと思う。そんな閨にだったら、自分も攻略されてしまうかもしれない。

頭をよぎった想像に苦笑を漏《も》らしつつ、惣助《そうすけ》はなんとなく思い浮かべる。

夕暮れの岐阜の街を並んで歩く、惣助とサラと、誰かの姿を——。

7月24日　22時48分

「ただいマンダリン！」

夜の十一時近く、サラが家に帰ってきた。

中学生が帰ってくるには遅すぎる時間だが、レッスンのあと東京で勲《いさお》と夕飯を食べるという連絡は受けていた。

「おう、お帰り。芸能事務所でのレッスンってのはどうだった？」

惣助が訊《たず》ねると、サラはソファにうつ伏せになり、

「とりあえず体力測定みたいなことをやったのじゃが、身体《からだ》はガチガチじゃが体力だけはあると褒《ほ》められたのじゃ」

「それ魔術でこっそり回復させてただろ」

「……」

サラが目を逸《そ》らして無言で頷《うなず》く。

「お前の運動音痴、そろそろ本格的に直すときが来たみたいだな。夏休みの間にいろいろやってみるといいんじゃないか。水泳とか」

「うえー……」

惣助の提案に嫌そうな声を出すサラ。

「中学のプールの授業で、少しは泳げるようになってないのか？」

訊ねる惣助にサラはキリッとした顔で、

「妾《わらわ》をなめてもらっては困るぞよ」

「ほう」

「十数時間にも及ぶプールの授業の結果——妾はついに、水の中で目を開けることすら可能

になったのじゃ」

「堂々と情けないことを言うんじゃない」

ツッコむ惣助《そうすけ》にサラは唇を尖《とが》らせ、

「人間の身体《からだ》は水に浮くようにできておらんのじゃ」

「できてるよ」

サラのウンチっぷりに苦笑しつつ、

「そういや、友奈《ゆな》が作ってくれた料理があるけど何か食うか？」

「食べるー」

返事を聞いた惣助はキッチンに行って冷蔵庫を開け、重ねて収納された保存容器の一つと発泡酒の缶を取り出した。

保存容器に入っていた肉じゃがを電子レンジで温め、自分用とサラ用の皿に取り分ける。

「は〜、しみじみ美味《うま》いのう」

肉じゃがを一口食べたサラが幸せそうに言った。

「そうだな」

心から同意しつつ惣助は肉じゃがを口に運ぶ。

短時間で作ったとは思えないほどよく味の染みた豚肉と野菜が、口の中を幸せにしてくれる。少し濃い目の味付けが、発泡酒にもよく合う。

「これは米も欲しくなるなあ」

「うむ。一人四万円のお寿司も良いが、やはり友奈の作るおかずが一番じゃな」

「え」

サラの言葉に、惣助は頬を引きつらせた。

「……お前、親父に四万円の寿司屋に連れてってもらったの？」

「うむ！」

サラは笑顔で頷《うなず》く。

「江戸前寿司、噂《うわさ》に違《たが》わぬ美味さじゃった。ネタの鮮度だけでは辿《たど》り着けぬ新次元の美食の境地！　寿司の世界は奥が深いのう！」

「そりゃそうだろうよ……」

四万円となると、江戸前寿司の世界でもトップクラスの価格帯である。正直、とてもうらやましい。

勲《いさお》のことだから、ぼったくり店などではなく本当に一流の名店に連れて行ったのだろう。

「つか、そのレベルの店だと席少なくて予約も全然取れないんじゃないのか？　よく当日に行って入れたな」

「お祖父《じい》ちゃんが若いころ東京で仕事しておったとき、大将に大きな貸しを作ったことがあるそうじゃ」

「岐阜だけじゃなくて東京でも顔が利くのかあの親父……」

認めたくないが、草薙勲《くさなぎいさお》は大した人物だ。

私立探偵としても経営者としても、今の自分は父親に到底及ばない。

(それでもいつかきっと、親父とは違う、俺なりの理想の探偵になってやる)

決意を新たにする惣助《そうすけ》だった——。

CEO女騎士

7月30日　13時41分

七月下旬。

リヴィアは警察署の待合スペースに来ていた。

リヴィアと同じロビーベンチには、バンド仲間の弓指明日美《ゆみさしあすみ》と、白銀《しろがね》エスパーダクラン顧問弁護士の愛崎《あいさき》ブレンダも座っている。

勾留《こうりゅう》されていた木下望愛《きのしたのあ》が今日、留置所から出てくる。

地道なボランティア活動やら広報誌を使ったポジティブキャンペーンが功を奏し、リヴィアが望愛の身元引受人として認められ、保釈申請が通ったのだ。もちろん相当な額の保釈金も支払った。

そわそわしている明日美と、面倒くさそうな表情のブレンダとともに、待つこと十数分。

十人以上の警察官に付き添われて、望愛が待合室へとやってきた。警察官たちは望愛を監視しているというより、まるで望愛に率いられているような印象である。

「望愛さん！」

望愛《のあ》の姿を見て、明日美《あすみ》が目に涙を浮かべて名前を呼んだ。

望愛の服装は、上は白銀《しろがね》エスパーダクランの社員がボランティア活動をするときに着用する、会社のロゴ入りTシャツ、下はジーンズ。

相変わらず、長期間勾留《こうりゅう》されていたとは思えないほどに顔色は良く、足取りはしっかりしている。

「それでは木下《きのした》さん、名残惜《なごりお》しいですが我々はこれにて」

中年の刑事が望愛に敬礼し、他の警官たちもそれに続く。なぜか全員、目に涙を浮かべていた。

望愛は警官たちに柔らかく微笑《ほほえ》み、

「白取《しらとり》警部、可児《かに》さん、他の皆さんも、これまで良くしていただきありがとうございました。もしも皆さんが道に迷われたときは、いつでも会いに来てくださいね」

「「「はいっ!!」」」

声を揃《そろ》える警官たちに、待合スペースにいた他の人々がギョッとした視線を向け、ブレンダがジト目で「なにこの状況……」と呟《つぶや》いた。

警官たちと挨拶《あいさつ》を終えた望愛が踵《きびす》を返し、再びリヴィアたちに視線を向ける。

「望愛殿……」

リヴィアが椅子から立ち上がって名前を呼ぶと、望愛はゆっくりとリヴィアのほうに歩いてきた。

その歩みは徐々に早くなっていき、やがて駆け足となり、

「リヴィア様！」

叫び、望愛がリヴィアの胸に飛び込んで来た。

リヴィアは彼女の身体《からだ》をしっかり抱きしめ、腕を回す。

「お帰りなさい、望愛殿」

「はい。ただいま戻りました、リヴィア様……」

望愛がリヴィアの腕の中で恍惚《こうこつ》とした表情を浮かべる。

熱い抱擁《ほうよう》を交わす二人に、明日美が泣きながら拍手を送り、見送りの警官たちも拍手をはじめ、たまたまこの場にいただけの市民や警官、連行されてきた被疑者もなんとなくノリで拍手する。

「だからなんなのこの状況……」

ブレンダだけはそう言って半眼で頭を抱えるのだった。

７月３０日　１４時２２分

保釈された望愛《のあ》を連れ、リヴィアたちは白銀《しろがね》エスパーダクランが経営している小さなレストランへとやってきた。

急いで店員に酒と飲み物と料理を用意させ、リヴィア、明日美《あすみ》、望愛の三人でテーブルを囲む。ブレンダはその近くの席で一人ワインを飲んでいる。

高級シャンパンで乾杯し、

「はー、これでようやくバンド活動再開できるっすね！」

明日美が笑顔で言った。

「ですね！　ロックスター目指して全力で活動していきましょう！　とりあえず復活ライブに相応《ふさわ》しい大きな会場をバンバン押さえて全国ツアーを――」

リヴィアが言いかけたそのとき、

「申し訳ありませんが社長。そういうわけにもいきません」

声をかけてきたのは、別の席に座っていたスーツ姿の若い男だった。

その横には、ラフな服装の男と、ぽっちゃりした体型の女。

「曽我部《そがべ》殿、徳田《とくだ》殿、手塚《てづか》殿。来ていたのですね」

「うん。私たち、よくここで打ち合わせやってるの」

リヴィアの言葉に、女が頷《うなず》いた。

「リヴィア様、こちらの方々は？」

望愛《のあ》に訊《たず》ねられ、

「うちの会社の幹部たちです。こちらは某《それがし》のバンド仲間で、マニピュレーターにして元ブランチヒルクランのマスター、皆神《みなかみ》望愛殿と、ボーカルの弓指明日美《ゆみさしあすみ》殿」

望愛&明日美と、三人の若者にそれぞれを紹介するリヴィア。

「曽我部《そがべ》です」とスーツ眼鏡。

「徳田真治《とくだしんじ》っす。よろしくー」とチャラ男。

「手塚明海《てづかあけみ》です」とぽっちゃり女。

曽我部亮《りよう》、徳田真治、手塚明海。

三人とも剣持命《けんもちみこと》——リヴィアではなく本物のミコトと同じ児童養護施設で育った幼馴染《おさななじ》みで、彼女とともにエスパーダを立ち上げた最高幹部である。

カリスマ性と斬新な発想力を持つリーダー、剣持命。

実務能力に優れ、ミコトのアイデアを具体的な形に落とし込んで実質的に組織を管理運営する曽我部。

プログラミングと発明に強く、ビジネスに必要なアプリや機材を開発したり、社交的な人柄でインテリ系のメンバーと武闘派のメンバーの折衝役でもある徳田。

大学で法律と経済を学び、組織のサポートを包括的に行う癒《い》やし系半グレ女子、手塚。

ミコトの死後も三人は新リーダーとなったリヴィアを旗印にしてエスパーダを運営し、順調に利益を上げていた。

曽我部はコンサルタント会社、徳田はＩＴ系ベンチャー企業、手塚は大学院と、表向きは裏社会とは無関係の場所でそれぞれ生活していたのだが、エスパーダがＳＥＣとして統合されたあとは、曽我部と徳田は勤めていた会社を辞めて正式にＳＥＣに入社した。

「弓指明日美っす。よろー」と明日美。

「皆神望愛と申します。わたくしがいない間、リヴィア様をお支えいただきありがとうございました」

お辞儀する望愛に、曽我部がかけていた眼鏡をクイッと持ち上げ、

「なるほど、あなたがかのワールズブランチヒルクランの若き指導者ですか」

「わたくしをご存知なのですか？」

怪訝《けげん》そうな顔をする望愛に、曽我部は微苦笑を浮かべ、

「業種は微妙に違えど、我々の世界でもワールズブランチヒルクランの躍進ぶりは有名でしたから」

「そーそー。ＳＮＳとか動画とか音楽配信とかでカジュアルに支持を広げるやり方、俺たちの商売ともけっこう被《かぶ》ってて意識してたんだよね」

口を挟んできた徳田に望愛はクスリと微笑《ほほえ》み、

「そうだったのですか。実はわたくしも、クランの運営にあたって御社のやり方を参考にさせ

ていただいた部分があるのです。特にあの、メンバー間で匿名性を保ちつつ情報共有できるアプリの完成度は素晴らしいと思いました。あれならばイベントで誰かが捕まってもそこから組織まで辿《たど》られることはありません」

「へへ、実はアレ作ったの俺なんだよねー」

徳田《とくだ》が本気で嬉《うれ》しそうに照れ笑いを浮かべる。

「そうだったのですか！　うちはプログラミング方面の人材に乏しく、とても羨《うらや》ましく思っておりました」

「いやいや、そっちこそクランのPVとかサブリミナル入りの音楽動画とか、めっちゃよくできてたじゃん！　うちは基本的に頭でっかちか武闘派の二択なんで、美術とか音楽方面は全然ダメでさー」

「ふふ、ありがとうございます。実はあれは、ほぼわたくし一人で作ったものなのです」

「ええマジかよ！　すげー！　人間のモデリングとかどうやってんの!?」

「全身スキャンができる3Dスキャナーを、奮発して買ってしまいました」

「マジで!?　うっわ超羨ましい使ってみてー！」

「ふふふ」

歓声を上げる徳田に、望愛《のあ》が嬉しそうにはにかむ。

そこへ曽我部《そがべ》が、

「皆神《みなかみ》さん。御社が活動拠点に使っておられた施設、実はかねてからエスパーダも目をつけていたのですよ」

「まあ」

「後継者がいない宗教法人は狙い目ですからね。前団体の代表が危篤状態と知ってすかさず買収に乗り出そうとしたのですが、タッチの差で御社に持って行かれてしまいました」

「あらあら、それは申し訳ありませんでした」

謝罪する望愛に曽我部は微《かす》かに口の端を吊《つ》り上げて首を振り、

「いえ、恨みは一切ありません。むしろそのご慧眼《けいがん》に感服するばかりで。よほど優秀なコンサルタントがついておられるのかなと」

「いえいえそんな。宗教業界内のお話ですし、たまたま御社より早く情報が回ってきたというだけです」

楽しげに微笑《ほほえ》む望愛と曽我部。

「私たち、知らないうちにバチバチに競い合ってたみたいだね」

「ふふ、そのようです」

手塚《てづか》の言葉に望愛が頷《うなず》き、

「しかしそんなわたくしたちも、今やリヴィア様を支える仲間、いえ家族です。これから仲良くやっていきましょうね」

「ええ。我々と皆神《みなかみ》さんのスキルが合わされば、SECはさらに飛躍できるでしょう」

こうして、ともに社会のグレーゾーンで暗躍してきたカルト宗教の元代表と半グレ組織の幹部たちは、あっというまに意気投合したのであった。

と、そこで明日美《あすみ》がおずおずと、

「あのー。それでリヴィアちゃんがこれから全力で音楽やってくって話なんすけどー。なんかマズいんすか？」

「ああ、そうでした」

曽我部《そがべ》が眼鏡をクイッと持ち上げ、

「端的に言ってしまうと、お金がありません」

「なんですと!?」

驚くリヴィアに、曽我部は淡々と説明する。

「白銀《しろがね》エスパーダクランは元白銀組と新生ブランチヒルクランとエスパーダが合併してできた会社ですが、現在まともに利益が出ている部門は我々……つまり元エスパーダが運営している事業だけです」

「そうなのですか!?」

「やっぱり知らなかったんだ……」と手塚《てづか》が苦笑を浮かべる。

「白銀組のシノギはもともと薄利でしたし、ブランチヒルクランも皆神さんの逮捕でメンバーが激減し、事業も縮小しました。新たに始めた警備やボディーガードの事業も、まずは市民からの信頼を得るのが先決ということで実質ボランティアです」

「う……」

「そこへきて、皆神さんの保釈が認められるために行った大規模なポジティブキャンペーンに、愛崎《あいさき》ブレンダ先生への法外な顧問料契約、鈴切章《すずきりあきら》先生への桁を二つ間違っているのではないかという原稿料、その他、接待交際費、社長の飲食代や遊興費諸々《もろもろ》……」

「さすがに俺たちのシマだけじゃ金足りねーんだわ」

徳田《とくだ》が軽い調子で言った。

「す、すみません。そのような事態になっていたとは露知らず……お金など無尽蔵に湧いてくるものだとばかり……」

謝るリヴィアに続いて望愛《のあ》も、

「わたくしのために負担をおかけして申し訳ありません。こうして無事に保釈されたからには、精一杯償《つぐな》わせていただきます」

と、そのとき、近くの席からずっと無言で話を聞いていたブレンダが口を挟む。

「そもそも木下《きのした》さん。アナタは釈放されたわけではなく、あくまで保釈――つまり一時的に解放されただけだということをお忘れなく。裁判所からの呼び出しには絶対に応じなくてはならないし、住所を変更する場合や、長期間の旅行や出張の際には裁判所の許可が必要。被害者や共犯者との接触も禁止。気軽にどこでも行けるような身分ではないのよ」

「そ、そうだったんすね……。じゃあ全国ツアーとかは……」

「もってのほかよ。明確に禁止はされていないけれど、保釈中の生活態度も裁判官の心証に影響を与えるから、ライブとか派手な活動も裁判が終わるまでは慎むのが無難でしょう」

明日美《あすみ》の問いに淡々と答えるブレンダ。

「そんなあ……」

「申し訳ありません、明日美さん」

がっくり肩を落とす明日美に、望愛《のあ》が謝罪した。

そこで再び曽我部《そがべ》が口を開く。

「……というわけで、皆神《みなかみ》さんには裏方として我々の事業に力を貸していただきます。その上で、社長にも大いに働いていただきます」

曽我部の言葉にリヴィアは、

「そ、某《それがし》にできることなら何でもやりますが……。しかし某、商売やこんぴゅーたーのことなど全然わかりませんよ？」

「それはわかっています」

曽我部は頷《うなず》き、

「今後我が社を成長させていくためには、新規事業への進出が急務です。しかし新たな事業を始めようにも、信用がなくては銀行から融資を受けることすらままなりません。そこで社長にはこれからどんどんネット動画やメディアに出ていただき、剣持命《けんもちみこと》という『挑戦を続ける美しき女社長』というキャラクターを広くアピールして知名度をアップしてもらいます」

「せっかくのリヴィアちゃんのルックス、生かさないのは勿体《もったい》ないもんねー」

手塚《てづか》がそう言って微笑《ほほえ》んだ。

「素晴らしい計画だと思います。リヴィア様の存在を世に知らしめるのがわたくしの務めですから、全力で協力させてください」

望愛が少し興奮した様子で支持を表明する。

「……よくわかりませんが、某が会社に貢献できるなら何でもいたしましょう」

ピンとこないながらもリヴィアが頷くと、

「ではさっそく、新しい事業計画に目を通していただきましょう」

そう言って曽我部は自分たちの座っていたテーブルから、分厚い紙の束を運んできた。

「とりあえずこの内容をすべて憶《おぼ》えてください」

「こ、これ全部ですか？」

紙をめくりながらリヴィアが顔を引きつらせる。いずれの紙にも文字がビッシリと書かれており、憶えるどころか読むだけで大変そうだ。

「社長が自らの口で事業内容を説明することで説得力が生まれるのです。内容が理解できずとも、丸暗記はしてください」

「うう……頭脳労働は苦手なのですが……」

「が、頑張るっすよ、リヴィアちゃん」

泣き言を漏《も》らすリヴィアに、明日美《あすみ》が同情的な顔で言う。

かくて、女社長リヴィアの新たな日々が幕を開けたのだった——。

流れるままに

8月1日　10時57分

岐阜の夏は暑い。

尋常ではなく暑い。

毎年のように最高気温全国一位を観測することで知られる『日本一暑い街』多治見市《たじみ》を筆頭に、岐阜県美濃《みの》地方は日本でもトップクラスの猛暑地帯である。

盆地のため北の飛騨《ひだ》山脈からフェーン現象による熱風が流れ込み、海がなくて冷たい空気が入ってこないので、熱が留《とど》まり続けるのだ。

特に近年は最高気温が四十度を超えることがざらにあり、対策を怠《おこた》ると普通に死ぬ（実際に毎年熱中症で何人も死者が出ている）。

そんな文字通り殺人的な暑さを誇る岐阜の地に住む民たちにとって欠かせない娯楽が、川遊びである。

海はないが岐阜には日本三大清流の一つである長良川《ながらがわ》をはじめ、水の綺麗な川が数多くあり、夏には大勢の岐阜人が川で水遊びのほか、キャンプやバーベキュー、釣り、ラフティングなどを楽しむ。

惣助《そうすけ》とサラも現在、長良川《ながらがわ》に遊びに来ていた。

メンバーは惣助とサラ、永縄友奈《ながなわゆな》、サラのクラスメートの安永弥生《やすながやよい》と沼田涼子《ぬまたりょうこ》、それから閨春花《ねやはるか》。

川遊びに行く予定があると知った閨が「その日は私も暇なので一緒に行っていいですか?」と訊《き》いてきたので、惣助以外にも大人がいるに越したことはないとOKした。

バーベキューの設営を終えてアウトドアチェアに座り、Tシャツにハーフパンツ姿の惣助は川で遊んでいるサラたちを見る。

中学生たちは学校指定のものではない可愛《かわい》い水着姿で、ウォーターガンを撃ち合ってはしゃいでいる。

「食らえ草薙《くさなぎ》!」

「ぎゃー! やめるのじゃ!」

「沙羅《さら》様、お覚悟を!」

「弥生まで! しかしやられっぱなしの妾《わらわ》ではないぞよ!」

二人に撃たれまくっているサラが反撃に転じようとするも、全然当たらない。

「ぐぬぬ、なぜ当たらんのじゃ!」

「アンタ、スプラも下手だけどリアル水鉄砲も下手なのね」

「ぶびゃっ！」

淡々と言いながら、他の三人を的確に狙い撃つ友奈。惣助が見たところ、射撃の腕前も身のこなしも友奈が一番上手《うま》い。

「永縄先輩パねえ！　マジリスペクトっす！」

「さすが沙羅様の一番の友人だけのことはありますね」

「べ、べつに普通だし」

涼子と弥生から尊敬の視線を向けられ、友奈が恥ずかしそうに赤面する。

「ふ……」

微笑《ほほえ》ましい光景に惣助が思わず笑みを浮かべると、

「おまわりさーん。ここに水着姿の女子中学生たちをニヤニヤしながら見つめてるおじさんがいまーす」

惣助の近くでそう言ったのは、闇だった。

「人聞きの悪いこと言うんじゃねえ」

ジト目でツッコむ惣助に、闇は少し唇を尖《とが》らせ、

「じゃあ女子中学生ばっかりじゃなくて私の水着も見てくださいよ」

そう言って胸を強調するように前屈《まえかが》みになる闇。

闇の格好は下品に感じない程度に大胆なビキニで、スタイルのいい彼女に水着姿でこんな

ポーズをされたら惣助《そうすけ》も動揺を禁じ得ない。

ちなみに今の閨《ねや》の髪は短い。

最近になって切ったわけではなく、惣助も忘れそうになるが、普段からウィッグで変装しているのでこれが本来の彼女の髪の長さである。

「あー似合ってる似合ってる」

努めて雑な口調で言って、視線を彷徨《さまよ》わせる惣助。

長良川《ながらがわ》は惣助たち以外にも大勢の人で賑《にぎ》わっており、親子連れ、若者グループ、カップルなどのほか、一人で釣りをしている人もちらほらいる。

そんな釣り人の中に、惣助は知っている顔を見つけた。

(あの人は……)

立ち上がり、閨に「ちょっと子供たちのこと見ててくれ」と頼んで、その人物のほうへと近づいていく惣助。

「ええと、お久しぶりです。鈴切《すずきり》先生」

「……うん?」

惣助がおずおずと声をかけると、折り畳みの小さなチェアに座ってぼんやり釣り糸を垂れていた男が振り向いた。

彼の名は鈴切章《あきら》。

惣助《そうすけ》の好きな小説家で、半年ほど前、リヴィアに会うために鏑矢《かぶらや》探偵事務所へやってきたことがある。

「ああ、あなたは探偵の……」

「鏑矢惣助です。その節はなんというか……すいません」

鈴切《すずきり》にとってリヴィアは、ホームレスに身を窶《やつ》していた彼を立ち直らせてくれた恩人らしいのだが、鈴切が事務所に来たときにはとっくにリヴィアは事務所を飛び出し、なぜかカルト宗教団体で商品開発をしているとのことだった。

謝る惣助に鈴切は苦笑を浮かべ、

「いえ、お気になさらず。あのあと、無事にリヴィアとは再会できましたし……」

「そうだったんですか。ならよかったです。そういや鈴切先生、今日はどうしてこんなところに？　お住まいは東京じゃ……？」

「ええ、まあ………はあぁぁぁ……」

惣助の疑問に、鈴切は重々しいため息を漏《も》らした。

「先生……？」

「……リヴィアと再会したあと、ちょっと色々ありまして。……なんやかんやで今は、リヴィアの会社が管理しているこっちのマンションに住んで、会社の広報誌にコラムや小説を書いています……」

「リ、リヴィアの会社？」

不可解すぎるワードに惣助の目が点になる。そんな惣助に、鈴切はくたびれた顔で苦笑を浮かべ、

「言葉通り、リヴィアが社長をやっている会社……白銀《しろがね》エスパーダクランという名前の多角経営企業です」

「白銀エスパーダクラン……」

その名前自体は、最近よくポストにチラシが投函されているので惣助も知っていたが、チラシを読んでみても何をやっている会社なのかよくわからなくて、なんとなく胡散臭《うさんくさ》い印象を抱《いだ》いていた。

「…………あの、すいません先生。『ちょっと色々』と『なんやかんや』の部分を詳しく聞かせてもらってもいいですか？」

「……わかりました」

かくて惣助は鈴切の隣に腰を下ろし、彼から詳しい話を聞くことになった。

それによればリヴィアは現在、白銀組の組長・白銀龍児《りゅうじ》の娘、剣持命《けんもちみこと》という戸籍を手に入れ、元ヤクザ・白銀組と半グレグループ・エスパーダと新興宗教・新生ブランチヒルクランが合併した、株式会社白銀エスパーダクランのＣＥＯとなっているらしい。

白銀組やエスパーダという組織の噂《うわさ》は探偵業をしている中で聞いたことはあったが、惣助は

反社会的勢力には極力関わらないようにしてきたため、岐阜の裏社会でそんなとんでもないことが起きていたというのは初耳だった。

鈴切《すずきり》はというと、半年前に岐阜でリヴィアに再会して彼女のバンドで作詞をするよう求められ、バンドメンバー木下望愛《きのしたのあ》逮捕のとばっちりでバッシングを受けて再び岐阜でホームレスをやっていたらしい。

そこでまたまたリヴィアと再会し、彼女の会社で仕事をしたり、活動を再開した救世グラスホッパーの新曲の歌詞を作ったりしているという。

話を終えたあと、鈴切は深々と嘆息し、

「正直、これ以上リヴィアとは関わらないほうがいいのではとも思っているんですが……彼女ほど面白い人間は他に知りません。彼女を見ていると、小説家としてインスピレーションがどんどん湧いてくるんです」

「ま、まあなんとなくわかります」

「ほとぼりが冷めたらまた、リヴィアをモチーフにした新作小説でも書くとしましょうかね……。前作が『ホームレス女騎士』でしたから、次は裏社会で活躍する女騎士…………『ダークナイト』とかでどうでしょう」

「はは、ははは……」

本気なのか冗談なのかよくわからない鈴切の言葉に、惣助《そうすけ》は乾いた笑みを漏《も》らす。

好きな作家の新作の主人公が知り合いというのは複雑だが、めちゃくちゃ面白い作品になることは確実なので読んでみたくはあった。

8月1日　12時4分

惣助が閨《ねや》のところに戻ると、サラたちも川遊びを終えてバーベキューを始めているところだった。

「おしょいぞよ惣助。ＢＢＱもう始めてしまっておるぞ」

口いっぱいに肉を頬張りながらサラが笑う。

「悪い悪い。知り合いに鮎《あゆ》を分けてもらってきたからこいつも焼こう」

そう言って惣助は、手に持ったビニール袋をテーブルに置く。袋の中には鈴切が釣った鮎が十匹ほど入っている。

「おお！　鮎！　妾《わらわ》は川魚の中で鮎が一番好きなのじゃ！」

目を輝かせるサラ。

「はは、まあ長良川《ながらがわ》の鮎は世界一美味《うま》いからな」

笑いながら惣助は袋からまだ生きている鮎を取り出し、塩を振りかけていく。

期待に満ちた目でそれを眺めているサラに閨《ねや》が微笑《ほほえ》み、

「それじゃあサラちゃん、今度ヤナに連れて行ってあげましょうか」

「ヤナ？」

「梁漁《やなりょう》っていう、すのこみたいなものを川に仕掛けて上流から泳いできた魚を捕まえる方法があるんですけど、それで獲れた魚を調理して食べさせてくれる飲食店があるんです。岐阜県のヤナは基本的に鮎《あゆ》料理専門で、鮎のフライとかお刺身とかが食べられますよ」

「刺身じゃと!? 川魚の刺身なんぞ食べても大丈夫なんかや？」

「お刺身だけは寄生虫の心配がないように養殖のものを使うはずです。他にも煮付けとか塩釜焼きとか雑炊とか、鮎のフルコースが味わえます」

「なんと……そんなドリームプレイスが……。これは絶対に行かねばならんのう！」

「ふふ、鮎のシーズンにしか開いてないので、行くなら夏休みのうちがいいと思いますよ」

そこで話を聞いていた涼子《りょうこ》と弥生《やよい》が、

「あ～、うちも久しぶりに鮎の刺身食いたくなってきた！」

「私も……じゅるり……」

「鮎の刺身というのはそんな美味《うま》いのかや？」

「ああ」「はい！」

「江戸前寿司のマグロよりも？」

「ああ」「はい！」

即答する涼子と弥生。

「なんと、そこまでなのかや……！」

鮎の入った袋を見ながらサラがごくりと唾《つば》を飲み込む。

「ヤナ行くなら、あたしも行きたい……」

ぼそりと友奈《ゆな》が言うと、

「それならうちも行きたい！」

「わ、私もぜひお供させてくださいサラ様！」

涼子と弥生も声を上げた。

岐阜県民は、老若男女問わず全員鮎が大好きなのである（断言）。

「うむっ、ではみんなで行こうぞ！」

「ふふ……たまには子供たちのお世話をするのもいいですね」

そう言って闇は柔らかく微笑んだ。

「はー、楽しみじゃのう鮎のお刺身！　夏休みの予定がまた一つ増えてしまったわい。これでは身体《からだ》がいくつあっても足らんのう！」

機嫌良く笑いながら、焼けた肉を頬張るサラ。

そんなサラの頭を、惣助《そうすけ》はなんとなく撫《な》ではじめた。

「にゃ、にゃにをするのじゃ？」

不思議そうな顔をするサラに惣助《そうすけ》は微笑《ほほえ》み、

「……いや、お前は可愛《かわい》いもんだなと思って」

サラの小学校や中学校での無双っぷりはとんでもないものだと思っていたが、リヴィアの波《は》瀾万丈《らんばんじょう》すぎる生き方に比べれば全然可愛いものだ――そんな意味で言った惣助に、サラはなぜか顔を真っ赤にし、

「と、突然なにを言い出すのじゃたわけ……」

ぷいと顔をそむけ、それでもどこか嬉《うれ》しそうに頭を撫《な》でられ続けるのだった――。

Hirasaka

そして二年の月日が流れた。

ＣＥＯ女騎士の生活　～ホストクラブ編～

某日　２１時４６分

日本三大清流の一つ長良川《ながらがわ》や、日本三大大仏の一つ岐阜大仏、日本遺産である岐阜城跡や長良川の鵜飼《うか》い、第２回ご当地カップ麺№１決定戦で第一位となったカップ岐阜タンメンなど、世界に誇れるものがいくつも存在する岐阜県岐阜市だが、中には不名誉な全国一位のものも存在する。

それが『日本一のシャッター商店街』である。

ＪＲ岐阜駅周辺や、駅へと続く大通りは数多くの店が建ち並び賑《にぎ》わっているのだが、大通りから少し横道に逸《そ》れると、一気に寂れた商店街が広がる。

ほとんどの店がシャッターを閉めており、某テレビ番組の調査によると、その割合はなんと８５％近く。もはやほぼゴーストタウンである。

まがりなりにも県庁所在地である岐阜市になぜこんな場所が発生してしまったかというと、話は十数年前に遡《さかのぼ》る。

かつてこの通りは、数多くの風俗店や、その従業員や客が利用する飲食店や服飾店などが立ち並ぶ、全国有数の眠らない街であった。

しかし十数年前、大きなスポーツの祭典が岐阜県で開催されることになり、「神聖な大会の会場の近くに、けがらわしい風俗街などあってはならない」と、岐阜出身の某国会議員の主導で強引な浄化作戦が行われた。

その結果、風俗店だけでなく通りにあったほとんどの店が閉店することになり現在に至る。

このシャッター商店街については市でも問題視されてきたのだが、行政機関によって再開発を行おうにも、土地や店舗の持ち主と連絡がつかなくなっているケースが多く、どうにもならず放置されている。

一つの商店街を丸ごと潰《つぶ》した当の国会議員といえば、大会を成功させた功績もあって与党内で順調に出世を重ね、いずれは総理大臣の座すら狙えると噂《うわさ》されるほどの大物になっているのだが、それはまた別の話。

そして、そんな商店街に目をつけたのがエスパーダを始めとする半グレ組織や、ホワイトアウトなどの犯罪組織、ヤクザなど、裏社会の者たちである。

潰れた店舗や倉庫を格安で買い叩《たた》いたり勝手に入り込んで、組織の拠点に使ったり闇カジノや風俗店を営業したり違法な取引に利用したりと、日本一のシャッター商店街は行政の目の届かない無法地帯として裏社会の人間に大いに活用されていた。

潔癖な政治家によって衰退させられた街は、皮肉にも反社によって賑《にぎ》わいを取り戻しつつあるのだ。

ホストクラブ『ＫＵＫＫＯＲＯ』も、そんな経緯で商店街に誕生した店の一つである。

かつての経営団体は半グレ組織エスパーダ。現在は、株式会社白銀《しろがね》エスパーダクランによって経営されている。

ＳＥＣは複数の飲食店を経営しているのだが、中でもトップクラスの利益を上げているのがこのＫＵＫＫＯＲＯである。

店の最大の特徴は、ホストクラブでありながらホストが全員女性であること。

見目麗《うるわ》しい女性ホストが、タキシードや燕尾服《えんびふく》、学生服、世界各国の軍服、アニメの美青年キャラのコスプレといった衣装を纏《まと》い接客する。

メインの客層は二十代から三十代の女性で、毎日深夜まで客足が途絶えることなく賑わう大人気店だ。

そんなホストクラブにあって、一週間に一度くらいの不定期出勤にもかかわらず売り上げナンバーワンを誇る男装ホストがいる。

源氏名はＬＩＶＩＡ――剣持命《けんもちみこと》ことリヴィア・ド・ウーディスである。

「ご指名ありがとうございます、お嬢様」

「ＬＩＶＩＡ様ッ♥　お会いしたかったですっ！」

男物の着物に袴《はかま》という武士《ぶし》ファッションのリヴィアが客席を訪れると、常連客の女が歓声を上げた。

「今日は和服なのですね。なんて麗《うるわ》しい……」

「ありがとうございます。お嬢様も綺麗ですよ」

女の隣に腰掛けてリヴィアが微笑《ほほえ》むと、女はうっとりした顔で恍惚《こうこつ》の吐息《といき》を漏《も》らした。

「LIVIA様、今日は何を飲まれますか？」

「そうですね……和服ですし、たまには日本酒でもいただきたいですね。ちょうど今日は良い日本酒が入っておりますので、お嬢様と一緒に楽しみたいです」

「ハイ……仰《おお》せのままに♥」

女がそう言うと、リヴィアは近くにいたスタッフ（ホスト以外の従業員も全員黒いスーツ姿の女性だ）を呼び、

「お嬢様に『零響《れいきよう》』を入れていただきました」

「かしこまりました」

一礼し、スタッフが店の厨房《ちゆうぼう》へと向かう。

再び席に戻って来た彼女が超高級日本酒の瓶を恭《うやうや》しくリヴィアに手渡し、リヴィアは酒をお客さんと自分のグラスに慣れた手つきでそそぎ、乾杯する。

「ふふ、美味《おい》しいですね」

「はい……♥」

なぜ社長が自社のホストクラブで自ら働いているかというと、会社の経営する飲食店を訪れるたびに高級な酒をカパカパ空けるリヴィアに対して、経理担当の曽我部亮《そがべりよう》がついにキレてしまい、自分の飲む酒代は自分で稼ぐことになったのだ。

「某《それがし》に接客業など務まるでしょうか……」

と最初は不安に思っていたリヴィアだったが、実際にホストクラブで女性客を相手にしてみると驚くほど上手《うま》くいき、あっという間にナンバーワンに躍り出た。

もともと望愛《のあ》→ミコトのもとに転がり込んでヒモ生活を送り、元いた世界では多数の女騎士たちと関係を持ち『女を悦《よろこ》ばせるために生まれてきたようなドスケベ』とまで称されたリヴィアにとって、女を喜ばせて金を貢がせるホストという職業は、まさに天職と言えるものだったのだ。

今夜も女たちと高い酒をしこたま飲み、一夜にして一千万円以上の売り上げを叩《たた》き出したリヴィアは、シャンパンタワーや高級な酒を入れてくれた太客数人を自宅に連れ込み、明け方近くまで楽しんだ。

「もう。リヴィアちゃん、また家に女の子連れ込んでたの？」

翌朝。

決裁書を持ってリヴィアの家にやってきた手塚明海《てづかあけみ》が、乱れたキングサイズのベッドの上で寝ている裸のリヴィアと女たちの姿を見て、呆《あき》れ顔で嘆息する。

リヴィアの出勤日の翌朝は、常にこんな感じである。

「おや、手塚殿……」

リヴィアがあくびをしながら時間を確認すると、すでに十時近くだった。

「名残惜《なごりお》しいですがお嬢様がた、今日はこれまでのようです」

女たちにリヴィアが言うと、女たちは切なそうな顔を浮かべながら、

「ＬＩＶＩＡ様、必ずまた会いに来ます」

「今度はルイ１３世を入れられるよう、パパ活頑張りますね」

「私は、いつかＬＩＶＩＡ様にブラックパールを飲んでいただくのが夢です」

口々に言う女たちにリヴィアは微笑《ほほえ》み、

「ありがとうございますお嬢様がた。お気持ちは嬉《うれ》しいですが、あまり無理はされないように。またお会いできる日を楽しみにしています」

「ああ、ＬＩＶＩＡ様……♥」

うっとりした顔で女たちが部屋を出ていく。

彼女たちが去るのを見送ったあと、手塚は小さく嘆息し、

「あんまり他の女の子とエッチしてると、天国でミコトちゃんが悲しむよ？　あ……ミコトちゃんの場合は地獄かな」

するとリヴィアはフッと笑い、

「ご安心ください。某《それがし》の愛は今でもミコト殿だけのものです。お嬢様たちとの交わりは、ただ快楽を貪《むさぼ》るためだけの慰《なぐさ》めにすぎません」

ドクズのような発言だが、リヴィアは客の女たちにも堂々とこれを公言している。

それでもリヴィアの美貌《びぼう》とベッドテクニックに魅せられた女たちは、

「たった一人の相手をずっと想っているなんて一途でステキ♥」

「他のホストみたいに簡単に『君が一番』とか『君だけを見てる』とか言わないのが逆に誠実でイイ♥」

「愛されなくてもいい、LIVIA様の寂しさを少しでも埋めてさしあげたい♥」

……と、喜んで金と身体《からだ》を捧げるのだ。

そもそもリヴィアの元いた世界において、貴族が複数の相手と関係を持つのはごく当たり前のことだったので、罪悪感は微塵《みじん》もない。

地下闘技場で興奮した勢いでミコトと結ばれるまでは、こちらの社会の倫理感に合わせて自制していたのだが、金と権力を手に入れた今のリヴィアを縛《しば》るものは何もなく、KUKKORO の他の女性ホストおよび、望愛《のあ》、明日美《あすみ》、手塚《てづか》、救世グラスホッパーの女性ファンにも、リヴィアは手を出しまくっている。

「バンドマンとホストと若手ベンチャー社長って、女癖がすごく悪いっていうイメージがあるけど、よく考えたらリヴィアちゃんって三つ全部なのよね……だから通常の三倍エッチなのかな？」

　手塚は苦笑し、

「まあ、ミコトちゃんもいろんな女の子に手出してたし、お似合いなのかも」

　ちなみにミコトの初めての相手は幼馴染み《おさななじ》の手塚だったらしい。

「せっかくですから手塚殿も今からいかがですか？」

「えっ、まだやりたりないの？　ほんと元気なんだから……。今日は午後から大学だから、ちょっとだけだよ」

　リヴィアの誘いに手塚は期待を隠し切れない声でそう言って、自分の服のボタンに手をかけた――。

SALAD BOWL
OF
ECCENTRICS

CHARACTERS

剣持命

ジョブ：CEO、ホスト NEW
アライメント：中立／混沌

体力：100
筋力：100
知力：22
精神力：82
魔力：25
敏捷性：100
器用さ：82 NEW
魅力：100
運：73 NEW
コミュ力：60 NEW

CEO女騎士の生活　～昆虫食編～

某日　11時57分

白銀《しろがね》エスパーダクランの社長リヴィアは、会社が運営している食品工場を訪れていた。

この工場でなにが作られているかというと、昆虫食である。

ホームレス時代にバッタに助けられたリヴィアには、もっと多くの人々にバッタの美味《おい》しさを知ってもらいたいという気持ちがあった。

それであるとき、曽我部《そがべ》や望愛《のあ》たち会社の幹部陣に「会社の新商品として、バッタ料理を作るというのはどうでしょう?」と提案してみたところ、意外にもその提案は、皆に賞賛をもって迎えられた。

なんでも、昨今この世界では将来の食糧危機に備えるべく、タンパク質やミネラル、ビタミンといった栄養素が豊富に含まれる食材として昆虫が熱い注目を集めており、世界中で昆虫食の研究が盛んに進められているという。

日本にもその流れは到来しており、昆虫食の開発事業なら国や自治体が補助金を出してくれる公算が大きい。

新規事業を始めようにも資金が不足していた当時のＳＥＣにとって、偶然にもリヴィアの提案は妙手だったのだ。

曽我部《そがべ》が「ＳＤＧｓ」とか「サステナブル」とか「地産地消」といった流行ワードをふんだんに盛り込んだ事業計画書を作成し、鈴切《すずきり》がその内容をわかりやすく伝えるためのスピーチ原稿を作成し、望愛《のあ》に「人の心を掴《つか》む喋《しゃべ》り方」を教わってリヴィアが役人たちの前で説明を行ったところ、かなりの額の補助金が貰《もら》えることになった。

というわけでさっそくＳＥＣは、岐阜県内にあった潰《つぶ》れかけの食品工場を買収し、昆虫食の開発に乗り出した。

バッタだけでなく、イナゴ、コオロギ、セミ、ハチ、タガメ、ゲンゴロウといった、岐阜県に数多く棲息《せいそく》する昆虫を片っ端から食品に加工していく。

こうして開発した商品を試しに県内のスーパーや商店街の店先、道の駅などで販売してみたところ、売れ行きは意外にも好調であった。

日本では昆虫食を忌避《きひ》する人が多いのだが、岐阜には元々へぼ（クロスズメバチの幼虫）をご飯に混ぜた「へぼめし」という名物郷土料理が存在し、一部の地域では昔からイナゴやタガメなどが食されていたこともあり、昆虫食に対する抵抗が比較的少なかったらしい。

なお、スーパーや商店街といった販路の開拓には、白銀龍児《しろがねりゅうじ》が何十年にもわたって築いてきた人脈が大いに役に立った。

白銀組が解散する前は、カタギの商売と競合しないように一線を引いてきた龍児だったが、「若造たちが頑張ってるのに、うちだけお荷物ってわけにはいかねえからな」と、顔なじみだった老舗《しにせ》スーパーの店長や商店街の年寄りたちに頭を下げてまわり、ＳＥＣの商品を置いてもらうよう頼み込んでくれたのだ。

若者ばかりの旧エスパーダや旧新生ブランチヒルクランの面々だけでは、「あなたのお店にうちで作った昆虫食を置いてください」とお願いしたところで、ここまでスムーズにはいかなかっただろう。

岐阜の養蜂業者とも契約して高品質なハチミツを販売し、そのオマケに少量の昆虫食セットを付けて一度味見してもらうというアイデアも当たり、白銀エスパーダクランは昆虫食業界で順調に成長を遂《と》げていった。

そんな昆虫食の生産工場に本日リヴィアが訪れたのは、視察および会社の宣伝動画や写真の撮影のためである。

ＳＥＣでは会社のプロモーションのため動画配信やＳＮＳへの投稿を積極的に行っているのだが、中でも人気の高いコンテンツが、社長のリヴィアが出演する動画『みことしゃちょーちゃんねる』のコーナーだ。

リヴィアが自ら会社の事業を説明する真面目な内容から、私生活を公開したり、競馬やパチンコでボロ負けする様子を配信したり、ゲームの生配信をしたり、メントスコーラやアイスバケツチャレンジをやってみたり、定期的に現金プレゼントキャンペーンを行ったり、時にはシャワーシーンや裸でギターや琵琶《びわ》を演奏するセクシー映像を垢BANされない程度に編集して配信しているうちに、登録者数は見る間に増加していった。

今回リヴィアに同行しているのは動画の撮影スタッフと曽我部《そがべ》、そしてSECの広報活動に協力している小説家の鈴切章《すずきりあきら》である。

工場で昆虫食が生産される様子を視察したあと、リヴィアたちは食堂へと案内された。

食堂のテーブルの上には何枚もの皿が用意されており、その上には工場で作られた様々な昆虫食が大量に盛られている。

リヴィアがこれを食べる様子を撮影し、動画配信で宣伝を行うのだ。

成長産業だと期待されているとはいえ、昆虫食はまだまだニッチな市場であり、SECの昆虫食ビジネスも決して儲《もう》かっているとは言い難《がた》い。

だからこそ、今のうちに競合他社に差をつけておけば、補助金ガッポガッポ、将来的にSECが業界で一人勝ちするのも夢ではない。

「いただきまーす！」

カメラが回り、リヴィアは笑顔でこんもりと盛られた虫たちを、パリパリと音を立てながら躊躇《ためら》いなく食べていく。

SECで生産している商品は、昆虫をパウダー状にしてお菓子やパンに練り込むといったタイプではなく、昆虫の形状をガッツリ残したまま味付けしたものである。

パウダー状にしたほうが見た目からくる忌避感《きひかん》を軽減できて初心者にも食べやすいので、昆虫の栄養価のみに着目するのであればそちらが正解なのだが、その昆虫本来の味や食感は失われてしまう。

ＳＥＣでは、昆虫食を他の食材の代用品ではなく、たとえば朝食に米を食べるかパンを食べるかパスタを食べるか虫を食べるかといった選択肢の一つにまで押し上げることを目指しているのだ。

「うん、セミ美味《おい》しい！　これもなにか知りませんがサクサクで美味しいです！　これも！　なんかというかこう、コクというか味わいがその、濃厚で？　深い感じで……どれも大変美味しいですね！」

ボキャブラリーは貧相だが、本心から美味しいと思っているのだと見ればわかるようなイイ笑顔を浮かべて、リヴィアはどんどん昆虫食を食べていく。

「さあ、鈴木《すずき》殿と曽我部殿もどうぞ！」

リヴィアの様子を見守っていた鈴切と曽我部に、リヴィアが虫の盛られた皿を差し出す。

「い、いや、俺は遠慮しておく……」

「……私も結構です」

顔を引きつらせて辞退する二人。

ホームレスだったとはいえ元は都会育ちの売れっ子作家である鈴切《すずきり》と、若きインテリの曽我《そが》部《べ》には虫そのままのビジュアルはハードルが高かった。

リヴィアは残念そうに、

「うーん、某《それがし》以外の人のリアクションもあったほうが説得力が増すと思うのですが……望愛《のあ》殿も連れてくるべきでしたね……」

「いえ、銀髪の美女が昆虫を貪《むさぼ》り食っている絵面《えづら》だけでインパクトは十分かと……」

曽我部の言葉に、鈴切も無言で頷《うなず》いた。

「そういうものですか?」

小首を傾《かし》げながらもリヴィアは虫を食べ続け、あっという間に完食してしまった。

「あー、美味《おい》しかった!」

満足げに言ったあと、

「……あの、ところでバッタがなかったようなのですが?」

訝《いぶか》るリヴィア。

今回用意された商品の中には、バッタ料理の姿がなかったのだ。

するとリヴィアたちを案内した工場のスタッフが、

「ああ、はい。バッタはちょっと前に生産ラインナップから外しました」

「な、なんですと!? なにゆえですか!?」

「バッタは人気がありませんので」

端的に曽我部が答えた。

愕然《がくぜん》とするリヴィアに曽我部は淡々と、

「人気が……ない？」

「昆虫食お試しセットのアンケート結果によると、岐阜名物のハチノコは別格として、他にセミ、イナゴ、タガメなどが美味しかったと評価が高く、バッタは独特のえぐみがあるとか食べにくいと、かなり不評です。ビジネスが軌道に乗るまでは、セミなど評価の高いものと、コオロギなど大量飼育に向いたものに注力し、バッタについては後回し……そもそも扱わなくてもよいのではと判断しました」

「た、たしかにエグみはありますが、ちゃんと内臓を処理すれば味は海老《えび》っぽくて美味しいですし、羽を取れば食べにくさも軽減できるかと！」

「その一手間にかかるコストが馬鹿にならないのです。海老に似た味の昆虫なら他にもいる……らしいですし、あえて不人気なバッタを使う理由がありません」

「ぐ、ぐぬぬ……」

会社の経営は曽我部たちに任せきりにしてあるため、コストや利益の話を持ち出されるとリヴィアには何の反論もできない。

「し、しかしバッタは我ら救世グラスホッパーのシンボルでもあります！　それをないがしろにするというのは」

「逆になぜシンボルを食べる必要があるんですか」

ごもっともなツッコミであった。

「ぬう……しかし……クッ……」

なおも納得いかないリヴィアの様子に、曽我部《そがべ》は嘆息し、

「どうしても社長がバッタを扱いたいというのなら、バッタに今以上の市場価値を付加することですね。方法はお任せします」

「バッタに……今以上の価値を……？」

曽我部の言葉を反芻《はんすう》し、リヴィアは真剣な顔で思考を巡らせるのであった。


それから一ヶ月後。

白銀《しろがね》エスパーダクランの公式配信動画『みことしゃちょーちゃんねる』において、新しい企画がスタートした。

リヴィアが毎回自分でバッタを料理して自分で食べていくという内容で、素揚げや天ぷら、唐揚げといったオーソドックスな食べ方から始まり、バッタの炊き込みご飯、ハンバーガー、

カレー、バッタ鍋、味噌《みそ》漬けといった様々なバッタレシピを発表するという異色の料理動画シリーズである。

この企画が始まる前——バッタの市場価値を上げるためにリヴィアが最初に行った施策は、会社が経営する飲食店のメニューでバッタを推すことだった。

工場で生産したものではなくリヴィアが自分で人員を集めて調理したバッタ料理を、各飲食店に提供。

そして、すべての飲食店の売り上げが落ちた。

自ら出勤するホストクラブ『ＫＵＫＫＯＲＯ』でも常連客に「こちらは某《それがし》の手料理です」と言って提供したのだが、「ＬＩＶＩＡ様の愛が手に入らないことはわかっています。でも、散々ＬＩＶＩＡ様のために貢いできたのにこの仕打ちはあまりにも酷《ひど》いです！」と数人の太客を失いかけた（かけただけで、結局彼女たちはリヴィアの魅力から逃れることはできなかったのだが）。

続いての施策は、会社が慈善事業の一環として行っているホームレスへの炊き出しや子ども食堂でバッタ料理を出すことだった。

その結果、ホームレスたちからは「俺たちみたいなのは虫でも食ってろってことか⁉」と怒りを買い、他の慈善団体からも批判されることになった。

かつてリヴィアがホームレス時代にバッタの天ぷらを他のホームレス仲間に振る舞ったとき

は歓迎されたのだが、同じ境遇にある者が『お裾分け』をするのと、企業が好感度アップを狙って行う炊き出しで『与える』のとでは、受け止められ方がまったく違ったのだ。そんな学びを得つつも、施策は失敗。

子ども食堂のほうはというと、「子供は昆虫が好きですからきっと喜んでくれるはず！」とリヴィアは思っていたのだがそんなことはなくて普通にギャン泣きされ保護者からクレームが来てしまった。

それ以外の試みもことごとく失敗し、結局リヴィアが最後に選んだのは、動画配信を通して自分のバッタ愛を真っ向から世間にアピールすることであった。

「どうも！　バッタ料理研究家のみことしゃちょーです！　えー、今日から皆さんに某《それがし》が、バッタの美味《おい》しい食べ方を伝授していきたいと思います。第一回となる今回は、もっとも基本的な食べ方、バッタの素揚げを作ってみましょう！」

撮影用のキッチンで、裸エプロン姿のリヴィアが笑顔で告げた。

続いて、なぜこのような企画が始まったのかという回想動画が始まる。

食品生産工場に視察に行き、自社の昆虫食商品を試食するリヴィア。そこで工場スタッフに「バッタは人気がないのでラインナップから外れました」と告げられ、ショックを受ける姿が効果音やエフェクト付きで流れる。

「どうしてもバッタ料理を復活させてほしければ、社長が裸エプロン姿でバッタ料理番組をやることですね」

「裸エプロン!?　なぜ某がそのような恥ずかしい格好を！」

「おや、できないのですか？　社長のバッタへの愛はその程度でしたか」

「クッ……！　これもバッタの素晴らしさを世の中に広めるためです……！」

吹き替えで編集された曽我部《そがべ》（配信動画では『鬼畜眼鏡秘書さん』というキャラクターで定着しており、女性からの人気が高い）とリヴィアのやりとりに続き、「鬼畜眼鏡からの苛酷な要求にクッしてしまったみことしゃちょーの新たな挑戦が始まる……！」というナレーションが流れ、再び映像はキッチンへ。

「……というわけで、調理に入る前に、まずはバッタの下処理をしていきますね。最初は足をもいでいきます。某はこのままでも全然平気なのですが、どうやら足が食べにくくて苦手という人が多いらしく――」

にこやかに笑いながら、まだ生きているバッタの足をブチブチもいでいくリヴィア。続いて羽根をむしり、内臓を取り出す。バッタにモザイクは入っておらず、虫嫌いの人が見たら卒倒しそうな絵面《えづら》である。

下処理、調理、試食と、普通の料理番組と同じ流れを踏襲しつつ、最後に「実は我が社でもバッタ料理を販売していたのですが、売れなかったので生産中止になってしまいました。某が食べているのと同じバッタ料理が手軽に食べられるＳＥＣのバッタ料理シリーズ、復活ご希望のかたはぜひチャンネル登録と高評価お願いします！」とエプロンの間から乳首が見えそうなくらい深々とお辞儀して〆。

そんな感じで始まってしまった『みことしゃちょーの美味《おい》しいバッタレシピ！』のコーナーだが、その突拍子もない内容に当初は困惑をもって迎えられたものの、裸エプロン姿のリヴィアのエロさもあって、再生回数は徐々に伸びていった。

それに伴ってＳＥＣのカスタマーサービスに、バッタ料理復活の要望がたびたび来るようになり、企画スタートから三ヶ月後、ついにバッタが商品ラインナップに復活するまでに至ったのだった――。

SALAD BOWL
OF
ECCENTRICS

CHARACTERS

剣持命

ジョブ:CEO、ホスト、バッタ料理研究家 NEW
アライメント:中立／混沌

体力:	100	敏捷性:	100
筋力:	100	器用さ:	82
知力:	22	魅力:	100
精神力:	82	運:	73
魔力:	25	コミュ力:	60

ＣＥＯ女騎士の生活　～バンド編～

某日　１９時２５分

木下望愛《きのしたのあ》のインサイダー取引容疑に対する裁判が、ようやく結審を迎えた。

判決は有罪。

刑は罰金およびインサイダー取引によって得た財産の没収という、大方の予想通りの結果であった。

望愛はすぐに求刑された金額を支払い、これにて、木下望愛のインサイダー取引事件は終幕となったのだった。

望愛が晴れて自由の身となったことで、ついに救世グラスホッパーは本格的に活動を再開できる運びとなった。

保釈後に望愛がコツコツ書きためていた楽曲に、鈴切章《すずきりあきら》が歌詞をつけ、オリジナル曲の数は望愛逮捕前から二倍近くに増えた。

リヴィアの提案で琵琶《びわ》や三味線《しゃみせん》、琴といった和楽器も取り入れるようになり、表現の幅自体も大きく広がっている。

明日美《あすみ》、リヴィア、望愛の三人は、それぞれ忙しい日々の合間を縫って集まり、練習やレコーディングを進めていった。

以前は望愛がほぼすべてのマネジメントを取り仕切っていたが、さすがに負担が大きいので、かつて大手音楽会社のギフトレコードで救世グラスホッパーのプロデュースを担当する予定であった土田智也《つちだともや》を、マネージャーとして起用。

土田は望愛の逮捕後、メジャーデビューが急遽《きゅうきょ》中止となったことで会社が大きな損害を被った責任を取らされ、閑職へと追いやられていた。

鈴切章と並ぶ、木下望愛事件の被害者である土田を、リヴィアがギフトレコードから白銀《しろがね》エスパーダクランに引き抜いたのだ。

そして今日、活動再開後はじめてのライブが開催される。

会場は、かつて救世グラスホッパーが初めてのライブを行った市内のライブハウス。

あのときは複数のバンドとの対バンで、今回はワンマンライブではあるが、メジャーデビューの発表がされたコンサートホールとは比較にならないほど小さなハコだ。

「またここから、某《それがし》たちの新しい伝説が始まるのですね！」

楽屋にて、覇気《はき》のある顔でリヴィアが明日美と望愛に言うと、

「あー、緊張するっす……お客さん来てくれるっすかね……」

不安の色を滲《にじ》ませて明日美が言った。

チケットの販売などもすべて土田《つちだ》に任せてあり、メンバーは売れ行きを聞いていない。

「やはり今回も元クラメンを動員すべきだったでしょうか……」

同じく不安そうな様子の望愛《のあ》。

救世グラスホッパーのファーストライブのときは、ワールズブランチヒルクランのメンバーを動員することで会場を満員にしたのだが、今回はあえてそれをやっていない。

「望愛さんも不安なんすか？」

明日美《あすみ》が訊《たず》ねると望愛は小さく頷《うなず》き、

「自由の身になったとはいえ、わたくしは……前科者ですから」

望愛は沈んだ声音《こわね》でそう言うと、深々と頭を下げた。

「改めてリヴィア様、明日美さん……ご迷惑をおかけして申し訳ありませんでした。ファンの皆さんのことも裏切ってしまいましたし……」

信者たちから平然と搾取《さくしゅ》し、霊感商法やインサイダー取引で金を稼ぐことも厭《いと》わなかった、社会的には完全に『悪』の側である望愛だが、バンドに迷惑をかけた件に関しては本当に罪悪感を感じているらしい。

リヴィアはそんな望愛の肩を軽く叩《たた》き、

「望愛殿、過ぎたことを悔やんでいても仕方ありません。生きてさえいれば、過ちを挽回する機会は何度でもあります」

「リヴィア様……」

望愛が少し救われたように頬を赤らめる。

「そっすよ、リヴィアちゃんの言うとおりっす」

明日美も同調するが、その顔にはまだ不安の色が濃い。

そこでリヴィアはフッと笑って、

「それに……そう悲観する必要はなさそうですよ」

「え？」「へ？」

訝《いぶか》しげな顔をする望愛と明日美に、リヴィアは扉の先——ステージのある方角へと視線を向ける。

「聞こえませんか？　望愛殿、明日美殿。某《それがし》たちを待ちわびる歓声が」

リヴィアの言葉に、望愛と明日美が顔を見合わせる。

そのとき、

「救世グラスホッパーさん、お時間でーす！」

ライブハウスのスタッフが楽屋の扉を開けて開演の時を告げた。

「それでは、行きましょうか！」

「は、はい！」

「うぃ、うぃっす！」

楽屋を出て、ステージへと上がった三人を迎えたのは――、

「リヴィアー！」「明日美《あすみ》ー！」「望愛《のあ》様ー！　お待ちしてましたー！」「LIVIA様ー！ステキ～！」「ずっと待ってたよー！」「もう一度私たちをお導きくださーい！」「どこまでもついていくぞー！」「うおおお！　救世グラスホッパー！」「救世グラスホッパー!!」「救世グラスホッパー!!」「救世グラスホッパー!!」「救世グラスホッパー!!」「救世グラスホッパー!!」

……会場いっぱいの観客による、割れんばかりの歓声であった。

フロアの後方には、壁によりかかって後方彼氏面《かれしづら》で微笑《ほほえ》みながら腕組みしている鈴切章《すずきりあきら》と、土田智也《つちだともや》の姿もある。

「みんな……」

「皆さん……」

明日美と望愛の口から、驚嘆の呟《つぶや》きが漏《も》れる。

二人の瞳には、ともに光るものがあった。

メンバー二人を横目で見つつ、リヴィアがピックを持った手を高く振り上げる。

ただそれだけで客席のボルテージは一気に最高潮に達し、リヴィアは彼らの声に負けじと力強く弦を弾《はじ》いた。

「「……！」」

時空を切り裂くような鋭い音がフロア中に響き、感激に呆《ほう》けていた明日美と望愛の顔に、覇《は

気《き》のある笑みが宿る。

「っしゃああああああ！　最初から飛ばしていくっすよ――ッ!!」

明日美がマイクに向かって叫び、望愛とリヴィアが演奏を開始。

かくして、再び伝説の幕が上がったのだった。

SALAD BOWL
OF
ECCENTRICS

CHARACTERS

剣持命

ジョブ:CEO、ホスト、バッタ料理研究家、
バンドマン NEW
アライメント:中立／混沌

体力:	100	敏捷性:	100
筋力:	100	器用さ:	82
知力:	22	魅力:	100
精神力:	82	運:	73
魔力:	25	コミュ力:	60

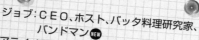

ＣＥＯ女騎士の生活　～警備事業編～

某日　８時１２分

元白銀《しろがね》組の組長、白銀龍児《りゅうじ》の屋敷の敷地内には、畳敷きの道場がある。

リヴィアはその道場で、早朝から社員たちの鍛錬《たんれん》を行っていた。

鍛錬に参加しているのは白銀組の組員だった元ヤクザたちや、エスパーダの地下闘技場などで活動していた武闘派の元半グレたちである。

「うおらあああああ!!」

「ハッ!!」

「ぎょえぶっ！」

殴りかかってきた元ヤクザの巨漢の拳《こぶし》を、ジャージ姿のリヴィアは片手で難なく受け止め、もう片方の腕を伸ばして掌底《しょうてい》で吹っ飛ばす。

「姐《あね》さんお覚悟ぼふぉっぶ!?」

後ろから襲ってきた別の元ヤクザの攻撃を難なくかわし、足払いで転ばせる。

「といやあああああ！」「うおおおおお！」

「甘いですよ」

さらに続けて、別方向から同時に襲いかかってきた元半グレ二人の拳《こぶし》をそれぞれ片手で受け止め、軽く捻《ひね》って投げ飛ばす。

「ぐにゃっ⁉」

瞬《また》く間に四人を倒したのち、リヴィアは周囲を取り囲む十数人の社員たちを見回す。

「さあ、次は誰ですか？」

「つ、つええ……」

「さすが姐《あね》さん、相変わらず化け物だぜ……」

リヴィアの強さを、社員たちは口々に讃《たた》える。

リヴィアが行う鍛錬《たんれん》は、基本的にリヴィア一人で鍛錬参加者全員を同時にまとめて相手にするというものである。

リヴィアが習得しているオフィム帝国軍式格闘術は、魔術による身体能力強化を前提としているため、この世界の人間が習得することは難しい。

そのため技術的な鍛錬は、望愛《のあ》が勾留《こうりゅう》中に親しくなった白取龍哉《しらとりりゅうや》という刑事を講師として招き、逮捕術（様々な武術をベースにして生み出された、警察官が相手を制圧するための格闘術）を教えてもらっている。

リヴィアの行う鍛錬は、技術よりも主に精神面——圧倒的な強者に立ち向かう度胸や、状況を見極める冷静さ――を鍛えるために行っている。

　技術も精神も肉体も、彼らはヤクザや半グレをやっていた頃と比べると、見違えるほど成長した。

（……なかなかそれを生かせる機会が訪れないのは歯がゆいですが）

　白銀《しろがね》エスパーダクランの武闘派社員たちは、会社の『警備事業部』に所属し、警備員やボディーガード、会社が経営する飲食店での揉《も》め事の対応、市内の巡回といった業務に就いているのだが、表向きは比較的平穏な地方都市において、それらの需要はそれほど多くないのだ。

　そのため、今は工場や飲食店での荷物運びや農作業の手伝いといった力仕事をやってもらうことのほうが多い。

「どりゃあああああ!!」

　雄叫《おたけ》びを上げて挑んできたのは、かつてエスパーダの地下闘技場で最強を誇っていた、元プロボクサーの秋田岳瑠《あきたたける》。

「せいっ！　はっ！　とっ！」

「ごぼっ、ぐげっ、ぎょあ！」

　他の社員たちよりも頑丈なので、リヴィアはちょっとだけ強めに連続で拳を叩《たた》き込んだが、秋田はよろめきながらも倒れなかった。

「はぁ、はぁ、ま、まだまだァ……ッ」

「ほう、今のを耐えますか！」

秋田《あきた》の闘志に感心するリヴィア。

かつての秋田は「もっと弱い奴と戦いたい！」などとのたまい、自分より格下の選手を一方的にいたぶるのを好む下衆《げす》な男だったが、すっかり心を入れ替えたようだ。

「ハア、ハア……も、もっとだ！　もっとオレを殴ってくれミコトさあああん!!」

鼻息荒く血走った眼差《まなざ》しで突撃してくる秋田。

その姿に「これは改心したのとはちょっと違うのでは？」と少しだけ疑問を抱《いだ》きつつも、彼の希望どおりみぞおちに痛烈な打撃を叩《たた》き込んであげるリヴィア。

「ぐぼふぉっ♥　……あ、ありがとう、ございます……♥」

口から胃酸を吐き出しながらもなぜか恍惚《こうこつ》の表情を浮かべ、秋田は悶絶《もんぜつ》して倒れ伏した。

「さて、次は――」

リヴィアが次の挑戦者を募ろうとしたそのとき、

「おーい、リヴィアちゃーん」

道場の入り口のほうから、名前を呼ぶ声がした。

そこにいたのはチンピラのタケオである。

「おやタケオ殿！　タケオ殿も一緒にどうですか？」

「いやー遠慮しとくよ。オレはケンカ苦手なんで」

リヴィアの言葉にタケオは軽い調子で首を振り、

「つーかそれよりリヴィアちゃん、今日新台入るから一緒に打ちに行こうって約束してたじゃん。早く行かないと整理券なくなっちゃうよ？」

「ハッ、そうでした！」

タケオとの約束を思い出し、慌てるリヴィア。

リヴィアが会社のＣＥＯになってからも、タケオとの関係は続いており、一緒にパチンコや競馬に行ったりラーメンを食べたりしている。

リヴィアにとって、会社やバンドといった利害関係が一切ない純粋な遊び仲間はタケオだけで、もしかすると唯一の友達と言っても過言ではないかもしれない。

「皆さん、某《それがし》はパチンコで一勝負してきます！　各自、鍛錬《たんれん》を怠《おこた》らないように！」

「おうっ！」「しゃっす！」

「では、いざ出陣！」

「行ってらっしゃいやせ姐《あね》さん！　ご武運を！」

「大勝ちできるように祈ってるっす！」

社員たちに見送られ、リヴィアは意気揚々と道場をあとにする。

「さあ、今日こそ勝ってみせますよ！」

数時間後。

パチンコ屋での戦いを終え、リヴィアとタケオは店から出てきた。

「いやー、今日はまた派手に負けたねー」

うなだれているリヴィアに、タケオがヘラヘラと笑いながら言った。

「うう……」

今回の戦果は十万円以上の負けという、リヴィアのパチンコ歴でもワースト１０に入る大負けであった。

「クッ……こんなことならカメラを回しておけばよかったです……」

「カメラ？」

後悔するリヴィアに、タケオが怪訝《けげん》な顔をした。

「某《それがし》はたまにパチンコや競馬をやる動画を公開しているのですが、なぜか某が大負けする回だと再生数が跳ね上がるのです」

「ハハ。まあ、他人がギャンブルで勝ってる姿より、負けてる姿のほうが見てて面白いってことなんだろうね」

「そういうものなのですか？」

タケオの言葉に首を傾《かし》げるリヴィアだった。

と、そのとき。数十メートルほど先から、大きな声が聞こえてきた。

『わたくし、里予田聖羅《さとよだせいら》は、すべての国民が、不当な差別を受けることなく、不当に搾取《さくしゅ》されることなく、自分らしく生きられる社会を実現すべく、これからも邁進《まいしん》していく所存です。どうかこの里予田聖羅、里予田聖羅に、皆さんの力をお貸しください』

大通りに、お立ち台のようなものを乗せたワゴン車が停まっており、その上に立って女が演説をしていた。

頭にスッと入ってくるような、ゆっくり穏やかで心地よい語り口である。

周囲には大勢の人が集まり、彼女の演説を聴いている。

「……最近ああいうのをよく見かけますが、なんなのですか？」

お立ち台付きワゴンの上で演説している人や、スピーカーでひたすら名前を連呼しながら走っている車を見かけるのはこれが初めてではなく、三日ほど前から街中で同じような光景をたびたび目にするようになった。

「選挙だよ。知らないの？」

タケオが少し驚いた顔で言った。

「選挙……ええと、たしか……政治を行う代表者を民衆が投票で決めるのでしたか」

この国の政治システムについては、転移してきたばかりのときに鈴切《すずきり》から結構しっかりと教えてもらったのだが、もうほとんど覚えていなかった。

「そうそう」とタケオは頷《うなず》き、

「今度やるのは衆議院選挙……要するに政治家の中でも一番強い、国の仕組みを決める人たちを選ぶ選挙なんだ。都道府県ごとに幾つかの小選挙区に分かれてて、各小選挙区で勝った人が衆議院議員になるってわけ。岐阜県は一区から五区まであって、岐阜一区は岐阜市だけ。あそこで演説してるのも、岐阜一区から出馬した候補者の一人だね」

「おお、詳しいのですねタケオ殿」

正直、タケオのことを政治になど関心のないチンピラだと思っていたので、リヴィアが意外に思いつつ感心すると、

「い、いやべつにこんなの小学生でも知ってるジョーシキだってば」

タケオはなぜか少し慌てた様子で、誤魔化《ごまか》すように言った。

「しかし、朝からやかましいと思っていましたが、そんなに重要な選挙だったのですね。タケオ殿、某《それがし》も選挙で投票することはできるのですか？」

「十八歳以上の日本人なら誰にでも選挙権はあるよ」

「おお、つまり戸籍を持っている今の某は政治に参加できるのですね！　これは気合を入れて臨まねば！」

「この時代に選挙権があることをそこまで喜ぶ人、リヴィアちゃんくらいかもね」

目を輝かせるリヴィアにタケオは苦笑し、

「でもまあ、この選挙区の結果はほぼほぼ決まってるようなもんだからなあ……」

「どういうことですか？」

リヴィアの問いにタケオは、通りで演説している候補者のほうに顔を向け、

「岐阜一区は二十年くらい前からずっと、あそこにいる里予田《さとよだ》センセーが圧勝してるんだ。今回も対抗馬はいないし、結果は見えてるよ」

「ほう。あのかたはそこまで人望が厚いのですか」

「人望があるかどうかは知らないけど、地盤も看板も鞄《かばん》も持ってるのは確かだね。現役の衆議院議員で大臣を何回もやってて、次の総理大臣候補とも言われてる大物だよ」

総理大臣というのがこの国の最高権力者だということは、さすがにリヴィアも知っている。

「はあー、大したものですね……。せっかくなので近くまで見に行ってみましょう」

そう言ってリヴィアは、演説している里予田候補のほうへと歩き出した。

『思い返せば三十年ほど前、わたくしはこの岐阜市の市議会議員として、初めて政治の場に立たせていただきました。当時のわたくしは――』

近づくにつれて、選挙カーの上で演説している彼女の姿がはっきりと見えてくる。

年齢は五十代後半くらい。

地味な色のスーツを纏《まと》った、素朴な雰囲気の中年女性である。

（……あまり大物政治家という感じはしませんね）

リヴィアはそんな第一印象を抱《いだ》いた。

しかし、柔和《にゅうわ》な笑みを浮かべながら語られる彼女の声には、不思議と惹《ひ》き付けられるものがある。

何十人もの観衆が見守る中で、微塵《みじん》も緊張を滲《にじ》ませることなく穏やかに語る里予田《さとよだ》候補の姿は、どこか皆神望愛《みなかみのあ》と似たものを感じさせた。

と、そのとき不意に。

「――ッ!?」

首筋に猛烈な寒気を覚え、リヴィアは顔を強《こわ》ばらせた。

隣を歩いていたタケオが怪訝《けげん》そうな顔を浮かべて話しかけてきたのを無視して、リヴィアは
「リヴィアちゃ――」

地面を強く蹴《け》って疾駆《しっく》。

『どうかわたくしに、もう一度、岐阜市民の皆さんのお力を貸していただけないでしょうか。かつてこの街を――』

演説する里予田と、それに聴き入る群衆たち。

そんな人々に紛れて、一人の若い男がゆっくりと選挙カーへと近づいていた。

選挙カーの上に立つ里予田までおよそ五メートルまで迫ったところで、男は無造作に鞄《かばん》から

取り出した拳銃の銃口を里予田に向けた。

　鳴り響く乾いた銃声。

　しかし銃弾は里予田ではなく、何もない上空へと放たれていた。

　男の殺意を察知したリヴィアが、瞬時に男に接近し、彼が引き金をひく寸前に手首を掴《つか》み、銃口を上に向けることに成功したためである。

「な……!?」

　驚愕《きょうがく》する男の腕を極《き》め、その手から銃を叩《たた》き落とす。

　それから少し遅れて、ようやく銃撃があったことに気づいた群衆や選挙スタッフたちが騒ぎ出した。

「クソッ、ちくしょう！　放せッ！　放せーッ!!」

　リヴィアに拘束された男が暴れようとするので、少しだけ力を込める。

「大人しくしてください。こんな街中で銃を撃つなど、何を考えているのですか」

　リヴィアが落ち着かせようと声をかけるも、男は「ぐあああ！　はなせええ！　殺してやる！　殺してやるぞ里予田！」などと興奮して叫ぶばかりだった。

　そんな男に、

「あなたはなぜわたくしの命を狙ったのですか？」

　なんと選挙カーの上から、里予田がマイクを使わず話しかけてきた。

命を狙われたというのに動揺した様子はなく、演説していたときと変わらない穏やかな声音《こわね》である。

男は里予田《さとよだ》に憎悪《ぞうお》の視線を向け、

「俺の母さんの店は十年前お前に潰《つぶ》された！　いきなり仕事を奪われた母さんは俺たちを育てるためにパートを掛け持ちして身体《からだ》を壊し、二年前に死んじまったんだ！」

リヴィアは知らなかったが、岐阜市に『日本一のシャッター商店街』が誕生する原因となった歓楽街の浄化作戦――それを主導した国会議員こそ、里予田聖羅《せいら》であった。

「そうでしたか……それはお気の毒です」

悲しげにそう言うと、里予田は踵《きびす》を返して選挙カーの中へと引っ込んでしまった。

ほどなく警察官が駆けつけ、リヴィアに代わって男を取り押さえる。

男は「ちくしょう……ちくしょう……」と、涙を流しながら弱々しい足取りでパトカーの中へと連れられていった――。

銃撃犯が連行されていったあと、演説は中止となった。

そしてその翌日。

選挙カーがあの場を離れる前に、里予田聖羅の選挙スタッフから「お礼をしたいので、明日こちらの事務所まで来てください」と伝えられたので、リヴィアは市内にある里予田の事務所を訪れた。

「はじめまして、里予田聖羅です。昨日は本当にありがとうございました」

事務所の応接室にて、里予田がリヴィアに名刺を手渡したあと、深々とお辞儀をした。

「剣持命《けんもちみこと》と申します。大事なくてよかったです」

そう言って、リヴィアも自分の名刺を里予田に渡した。

プライベートではあるが偉い人に会うということで、現在のリヴィアの格好はビジネス用のスーツ姿である。

「白銀《しろがね》エスパーダクラン……最高経営責任者……？　剣持さんは会社を経営しておられるのですか？」

リヴィアの名刺を見て、里予田が訊《たず》ねてきた。

「はい、一応」

「どのようなお仕事なのかお伺いしてもよろしいかしら？」

「いろいろ手広くやっております。飲食店の経営、食品開発、人形製作、アプリ開発、警備事業、動画配信……それからホームレスの方々への炊き出しや子ども食堂、市内の見廻《みまわ》りといった慈善事業なども行っております」

リヴィアの説明に、里予田《さとよだ》は驚いた様子で、

「そんな多角経営企業のCEOを、剣持《けんもち》さんのような若い女性が務めていらっしゃるのですか?」

「まあ、そうですね。実務はほとんど部下に任せきりで、某《それがし》はお飾りのようなものですが」

「ご謙遜《けんそん》なさらず。大変素晴らしいことですわ。岐阜にあなたのような女性がおられたなんて、岐阜出身者として誇りに思います」

謙遜ではなくただの事実だったのだが、里予田は大いに感銘を受けたようだ。

「剣持さん。先ほど警備事業もやっていると仰《おつしや》いましたが、選挙活動中のボディーガードや演説会場の警備なども請け負っていただけるのかしら?」

「もちろん、大丈夫ですよ」

リヴィアが頷《うなず》くと里予田は微笑《ほほえ》み、

「よかった。でしたらぜひ、御社にわたくしの選挙活動中の警備をお願いします」

「本当ですか? ありがとうございます!」

思わぬ仕事が舞い込み、リヴィアは声を弾ませた。

かくして、警備事業部は大口の仕事を獲得し、大物政治家との繋《つな》がりまでできた。

また、昨日の里予田聖羅《せいら》襲撃事件の様子は取材中の地元テレビ局によってカメラに収められており、すんでのところで里予田の命を救ったリヴィアの姿が放送されると、全国的に大きな

話題となった。

あまりのタイミングの良さから、やらせを疑う声も多くあったのだが、「やらせの可能性を考慮した上でもなお、このときのリヴィアの動きはあまりにも鮮やかで常人離れしている」と評判になり、リヴィアが代表を務める会社の警備事業部への依頼も急増した。

不採算部門だった警備事業までも軌道に乗り、白銀《しろがね》エスパーダクランはますます成長を遂《と》げていくのだった――。

女子高生探偵誕生

4月1日　10時24分

四月一日、時刻が十時半を回るころ、鏑矢《かぶらや》探偵事務所に、今年から高校一年生となる永縄《ながなわ》友奈《ゆな》がやってきた。

年齢は十五歳。少しクールな雰囲気はそのままに、身長は十センチほど伸び、胸も大きくなり、中学時代と比べてグッと大人っぽくなった。

中学校では女子生徒たちに大人気だったらしいが、きっと高校では男女両方からモテることだろう。

服装は、岐阜県で一番の進学校の制服であるブレザーにスカート。

「おお！　高校の制服、よく似合っておるではないか」

オフィスルームに入ってきた友奈を見て、サラが笑いながら言った。

今年から中学三年生になるサラ（十四歳）も、身長は五センチほど伸び、胸もほんの少しだけ大きくなったが、幼い雰囲気はあまり変わっていない。

「そ、そう？」

友奈が少し頬を赤らめる。

「ああ、似合ってるぞ」と惣助《そうすけ》も肯定しつつ、

「でもなんで制服なんだ？」

高校の入学式は四月十日である。

「さ、最初にオジサン……とサラに見せてあげようと思って」

友奈は少し照れくさそうにはにかみながら惣助の前に立ち、

「ええと、それじゃあ改めて……今日からこの事務所でバイトすることになった、永縄友奈です。よ、よろしくお願いします」

ぺこりとお辞儀する友奈に惣助は微苦笑を浮かべ、

「ああ。よろしく」

二年前に交わした「友奈が高校生になって、まだ本気でうちでバイトしたいと思ってたなら、そのときは雇ってやる」という約束のとおり、友奈は今日から正式に鏑矢探偵事務所でバイトすることになったのだ。

バイト代は月給制で、金額は小遣い程度。アルバイトというよりは探偵見習いのような扱いである。

「えーと、前もって説明したとおり、高校が始まるまで訓練期間ってことで、報告書の書き方とか尾行のやり方とか探偵ツールの使い方とか、色々憶《おぼ》えてもらう。それで見込みナシと判断

したら、悪いが雇うのは中止だ」

「わ、わかった」

惣助《そうすけ》の言葉に友奈《ゆな》が緊張した顔を浮かべた。

「かかっ、前に雇ったバイトはあまりに探偵に向いてなさすぎて四日でクビになったからのう。頑張るのじゃぞ友奈」

ちなみにサラが言う前に雇ったバイトというのは、リヴィアのことだ。

「まああいつほど探偵に向いてない人間はそうそういないだろ……」

当時のことを思い出して苦笑を浮かべる惣助。

そんなリヴィアがCEOを務める白銀《しろがね》エスパーダクランは、この二年間で急成長し、今や岐阜でリヴィアのことを知らない者はいないほどである。

「んじゃ、まずは探偵の基本的な知識を勉強してもらう。そこに座ってくれ」

「うん」

友奈がソファに腰を下ろし、惣助もその対面に座る。

「まあ本来なら探偵についての本でも渡して自分で勉強してもらうんだが、今日は俺が直接教えるよ……暇だしな」

自虐的《じぎゃくてき》に笑う惣助。

リヴィアの会社とは対照的に、鏑矢《かぶらや》探偵事務所は相変わらず貧乏である。

サラが土日に東京へ行くようになったため競馬で儲《もう》ける回数も減り、むしろ二年前より貧しくなったと言ってもいい。

（ままならないもんだな、世の中……）

そんなことを思いつつ、惣助《そうすけ》は友奈《ゆな》への講義を開始する。

「えー、まずは探偵って職業の定義からだが、俺たちみたいに世間一般で探偵と言われているのは、厳密には私立探偵という名称になる。もともとは警察の——」

探偵業について自分でも勉強している友奈にとっては既知の知識だろうが、とりあえず自分自身の復習も兼ねて基礎知識から始める。

そんな惣助の講義を、友奈は真剣な表情で聞き入っている。

かくして。

美少女高校生探偵、永縄《ながなわ》友奈の物語が本格的に幕を開けた。

SALAD BOWL
OF
ECCENTRICS

CHARACTERS

永縄友奈

ジョブ:高校生 NEW、探偵見習い NEW
アライメント:中立/中庸

体力:	58 NEW	敏捷性:	65 NEW
筋力:	60 NEW	器用さ:	71 NEW
知力:	76 NEW	魅力:	70 NEW
精神力:	67 NEW	運:	46 NEW
魔力:	0	コミュ力:	38 NEW

幕間

異世界――サラとリヴィアが生まれ育った並行世界の日本。

オフィム帝国が革命によって滅亡し、新政府が発足してからおよそ三年。

戦争による混乱がようやく収まり、統治が安定してきた現在、閣僚たちによって、ある問題についての議論が交わされていた。

それは、異世界へ繋《つな》がるという《門《ポータル》》の中へと逃亡した、旧オフィム帝国の第七皇女、サラ・ダ・オディンについてである。

旧帝国の皇族は根絶やしにするというのが新政府の方針であったが、異世界というのがどのような場所なのかもわからず、そもそも本当に《門》に入れば異世界に行けるかどうかさえ確かではないため、議論が先送りにされていた。

「小娘一人など、もはや死んだものとして捨て置けばよいのではないか?」

「だが、かつて宮廷で働いていた者たちの話によると、皇女サラは大魔王信長《のぶなが》・ダ・オディンの再来とまで謳《うた》われるほどの卓越した才を持っていたらしい」

「なんと……それほどの者だったとは」

「帝都陥落の折、幾重にも張り巡らされた包囲網をくぐり抜け、まんまと逃げおおせたのもその証左であろう」

「たしかに……」

「サラ・ダ・オディンが異世界で力をつけ、再びこちらの世界に舞い戻って帝国の復興を企《くわだ》てる可能性は十分に考えられますな……」

「それはなんとしてでも阻止せねばなるまい」

「ではやはり、異世界へ追っ手を差し向けるべきであろう」

「しかし、どんな世界かもわからぬ場所に進んで行きたがる者などおるまい」

「しかも相手は魔王の再来。サラを見つけたところで、よほどの腕利きでなければ返り討ちに遭うだけだ」

「むう……」

と、そこで閣僚の一人がゆっくりと手を挙げ、

「某《それがし》の配下の中に、追っ手に相応《ふさわ》しい者がおりまする」

「ほう。何者ですか?」

「もとは宮中で汚れ仕事を請け負っていた者で、軍に捕らえられて処刑される寸前だったところを某が拾って飼っております。どこぞの貴族の落とし胤《だね》らしく、魔術の腕もたしか。奴ならば小娘一人に遅れは取りますまい。それに所詮《しょせん》は薄汚れた暗殺者……たとえ異世界から帰ってこられなかったとしても、大して惜しくはありませんしな」

「なるほど。使い捨てるにはうってつけの駒というわけか」

「ではその者に皇女サラ・ダ・オディンの追討を命じるとしよう」

「異議なし」

「異議なし」

「異議なし」

口々に賛同する閣僚たち。

かくて、新たな異世界人が岐阜の地に送り込まれることになったのであった——。

（終わり）

あとがき

裏社会でどんどん大物になっていくリヴィアと、表の社会で健全に成長していくサラ——二人の異世界人の対比がますます顕著になってしまう『変人のサラダボウル』6巻でした。楽しんでいただけましたら幸いです。

ところでこの作品、草薙《くさなぎ》（鏑矢《かぶらや》）惣助《そうすけ》、草薙沙羅《さら》（サラ・ダ・オディン）、剣持命《けんもちみこと》（リヴィア・ド・ウーディス）の主人公二人を筆頭に、本名の他にも名前があるキャラが非常に多くて、「このキャラはこいつをどういう名前で呼んでるんだっけ？」と、書いている自分すらたまに混乱します。木下《きのした》（皆神《みなかみ》）望愛《のあ》、鈴切章《すずきりあきら》（鈴木《すずき》）、弓指明日美《ゆみさしあすみ》（プリケツ）……そこに今回、新たにタケオまで加わりましたいい加減にしろ。ちなみに閨春花《ねやはるか》も惣助たちの前では本名ですが、仕事中は基本的に偽名で、エスパーダの幹部たちも身内以外にはハンドルネームです。岐阜県岐阜市、普段から本名で生活しているのが中学生とヤクザだけ説まである。愛崎《あいさき》ブレンダは本名ですが、名字が草薙に変わるチャンスをずっとうかがっています……いつか叶《かな》う日が来るのでしょうか？

それはそうと、2024年4月から、いよいよ『変サラ』のアニメがTBS・CBCなどで放送開始となります。私はすでに何話か観ているのですが、岐阜の街を生き生きと動き回るサラやリヴィアたちの姿に、「岐阜は本当に存在するんだ！」と錯覚しそうになりました。読者の皆さんも、放送を楽しみにお待ちください。

ちなみにアニメで個人的に最も自信のある部分としては、キャラクターの声です。このあとがきを書いている時点ではアニメのPVで惣助、サラ、リヴィアの声が公開されているのですが、完璧すぎませんか。

メインキャストは基本的にオーディションで選んだのですが、惣助役の古川慎《ふるかわまこと》さんは他の作品で演じているヒロイックなキャラを大勢知っていたので、惣助そのままの「ザ・普通の人」みたいな声を聴いたとき、驚いて資料を二度見しました。惣助が実際にいたらこんな感じで喋《しゃべ》るんだろうな……とスッと入ってきたのを覚えています。

リヴィア役のM・A・O《まお》さんは「本当にこれ同じ人!?」と驚くほどに演技の幅が超絶に広く、かっこいい女騎士から始まって、ホームレス、ヒモ、反社の王と凄《すご》い勢いでジョブチェンジしていくリヴィア役をお任せするにはこの人しかいないと思いました。

そしてサラ役の矢野妃菜喜《やのひなき》さん。私はドラマCDやアニメなどでキャストが決まる前から、そのキャラクターがどんな声なのか結構明確なイメージがあるタイプの作家で、過去作品のキャラや惣助とリヴィアもそうだったのですが、唯一サラだけは、どんな声なのかずっとぼんやりしながら執筆していました。ただ可愛《かわい》いだけでなく知性や気品やカリスマを備え、「妾《わらわ》」や「のじゃ」という古風な口調を自分のキャラ付けだと自覚的に使っているエンターテイナー気質で、過去に何度も修羅場《しゅらば》をくぐってきたメンタル激強の十二歳麒麟児《きりんじ》——。オーディションで矢野さんのサラの芝居を聴いた瞬間に、『変サラ』の最後のピースが嵌《は》まった気がしました。これが、サラの声です。

アニメの放送、本当にお楽しみに。

・本編の内容について一点だけ捕捉で、この本の中で取り上げている『日本一のシャッター商店街』が岐阜市に存在するのは事実ですが、誕生した経由についてはは歓楽街浄化作戦以外にも様々な理由が絡《から》んでおり、作中ほど単純ではありませんし、反社会勢力によって無法地帯化もしていない……と思います、多分。あくまで本作内の岐阜市にある架空の場所の設定ということでお願いします。里予田《さとよだ》議員も実在の人物とは一切関係ありません。

2024年1月下旬　平坂読《ひらさかよみ》

あとがき

ここまで読んでくださりありがとうございます。イラスト担当のカントクです。描かれてなかった東京親子デート2日目もきっと楽しいんだろうなぁと思ってスカイツリー前の二人を描きました。

今回もヒロインを沢山描けて満足です。「妹さえ」の時は男も沢山描きました。本作の方がヒロインをよく描かせていただいている印象です。うれしいぞよ。
そして、唐突な時間ジャンプ、きましたね。そのうちやると聞いていましたが、「ここなの!?」とツッコんでしまいました。みんなのビジュアル変化もこれから描いていけたらと思います。

CCENTRICS
特報 CHECK!
COMICALIZE

GAGAGA

ガガガ文庫

変人のサラダボウル6

平坂 読

発行　2024年2月24日　初版第1刷発行
2024年4月20日　第2刷発行

発行人　鳥光 裕

編集人　星野博規

編集　岩浅健太郎

発行所　株式会社小学館
〒101-8001 東京都千代田区一ツ橋2-3-1
[編集]03-3230-9343 [販売]03-5281-3556

カバー印刷　株式会社美松堂

印刷・製本　図書印刷株式会社

Printed in Japan ISBN978-4-09-453166-4